턴

Turn

턴
Turn

긴곱슬머리 장편소설

좋은땅

목차

등장인물 소개

최지수

대기업 마케팅지원팀 부장. 나이 43세, 여성. 모든 직급에서 발탁 승진을 거듭하며, 부장까지 오른 능력이 있고 책임감 강한 여성입니다. 지수는 학창 시절 자신이 좋아했던 남학생 민재가 자신의 회사 계약직 직원으로 채용된 사실을 알게 됩니다. 지수의 남편은 민재를 만나는 지수를 보며, 지수를 의심하기 시작합니다. 한편, 지수도 남편이 젊은 여성과 은밀한 만남을 가진다는 사실을 자신의 친구를 통해 듣게 되며, 남편에 대한 의심이 시작됩니다.

강민재

지수의 고등학교 시절 친구. 나이 43세, 남성. IT 전문가. 전산 장애 처리 요청을 처리하는 도중, 지수의 전산 장애를 처리하게 되면서, 20년 만에 지수를 만나게 됩니다. 오랜만에 지수를 만나게 된 민재는 지수에게 특별한 부탁을 합니다. 한편, 지수의 회사에 불어닥친 구조조정으로 인해 정리해고되어야 하는 아픔을 겪기도 합니다.

유재은

민재가 고등학교 시절 좋아했던 여성. 나이 43세. 고등학교 졸업 후, 캘리포니아에 거주하며 그곳에서 마취과 전문의인 찬식을 만나 결혼하고 한국으로 들어옵니다. 부와 미모를 가진 여성이지만, 그녀에게는 남모를 아픔이 있습니다. 지수를 통해, 민재와 다시 재회하면서 두 번의 눈물을 흘리며, 그에게 자신의 아픔을 털어놓게 됩니다.

박현철

지수의 남편. 나이 45세. 특별한 인연으로, 한 여성을 2년 동안 알고 지냅니다. 그 가운데 그 여성에게 점점 특별한 관심을 쏟게 되며, 자신의 가정사도 이야기하는 관계로 발전합니다. 하지만 자신은 그 여성과 육체적인 관계를 맺지 않았으므로, 그것이 외도라는 생각은 전혀 해 본 적이 없습니다.

주애린 - 현철의 비밀 주치의	**이명섭** - 지수의 팀원
주지석 - 애린의 오빠	**문지혜** - 지수의 팀원
강찬식 - 재은의 남편, 마취과 의사	**이현욱** - 지수 회사의 인사팀장
박소민 - 지수/현철의 딸. 중학교 3학년	**박상준** - 지수 회사의 영업총괄 임원
강민영 - 재은/찬식의 아들. 중학교 3학년	**최태욱** - 지수 회사의 대표이사 사장
한 선 - 소민의 친구	**조선희** - 지수의 친구
현종표 - 제이피파트너스앤솔루션즈 대표	**제니퍼 레이우드** - 미국인 여성
안세진 - 지수의 팀원	**메더쿠 바크라** - 인도 IT 사업가
한태호 - 지수의 팀원	

프롤로그

최지수와 강민재.

서로가 알게 된 것은, 지수의 초등학교 동창이었던 선희가 주도한 반
팅 때문이었다.

남녀공학 고등학교가 흔치 않았던 시절, 반팅은 학생들이 이성을 만날
수 있는 공식적이고도 확실한 채널이었다. 둘의 첫 인연은 고등학교 1학
년 때 시작되었다. 둘은 주로 펜팔을 통해 마음을 나눴다. 지수에게 유일
한 이성 친구는 민재였고, 이는 민재도 마찬가지였다.

****** * ******

1998년 어느 화창한 봄날. 지수와 민재는 이제 고3 수험생이다. 지수
의 호출에 민재는 한걸음에 시내로 달려 나갔다.

'내게 소개해 줄 친구가 있다고…?'

민재는 설레는 마음으로 약속했던 햄버거집에 도착했다.

"인사해. 이쪽은 재은이야. 유재은." 지수가 재은을 민재에게 소개했다.
"반가워. 난 민재야. 강민재."

매끄러운 단발머리 끝으로 이어지는 가름한 턱선, 희고 고운 피부에
길고 오뚝한 코, 약간 올라간 눈꼬리를 가진 재은은 민재의 마음을 단박
에 사로잡았다. 모든 게 예뻤다. 재은의 목소리마저.

재은의 초롱초롱한 눈망울은 지성의 마력을 한껏 내뿜고 있었다. 민재
가 재은을 처음 마주하는 찰나의 시간, 2년 간 알고 지냈던 지수의 존재
감은 느껴지지 않았다. 아니, 둘 사이에 사라진 설레임의 공백을 재은이
가득 채웠고 이미 압도했다. 민재는 무슨 말을 해야 할지 몰라, 눈을 테
이블로 떨구었다가 다시 재은에게로 시선을 옮겼다.

"재은이가 전학 온 지 얼마 안 돼. 한 달 됐나? 대전에서 왔다고 했지?"
지수가 어색한 공기를 깨고, 재은을 보며 물었다.
"응. 그 정도 됐지?"

"전학은 어떻게 오게 된 거야?" 민재가 재은을 향해 물었다.
"아빠가 대전에서 여단장을 하시다가 수도방위사령부로 발령받으셨

어. 그래서 이사 왔어."라고 재은이 답했다.

"여단장이면, 어느 정도로 높은 거야?"라는 지수의 질문에, "그땐 별 하나였고, 지금은 둘."이라고 재은이 답했다.

"재은이 전학을 온 지 얼마 안 돼서, 친구가 필요해. 너희 반에 괜찮은 친구 있으면 재은이에게 소개 좀 해 줘. 그래서 불렀어."

지수가 오늘 재은과 민재를 이 자리에 부른 이유를 밝혔다.

지수는 이어서 "재은이 공부 많이 잘해."라고 말했다.

호기심이 가득해진 민재가 바로 재은에게 물었다.

"정말? 얼마나?"

대답을 망설이는 재은을 두고 지수가 말했다.

"어제 본 모의고사에서 재은이 1등 했어."
"반 1등?"

민재가 되물었었을 때, "아니, 무려 전교 1등."이라고 지수가 말했다.

"재은아. 너 정도 실력이면 의대 입학도 문제가 될 것이 없겠지?" 지수가 재은에게 물었다.

"지금 점수를 수능 때까지 끝까지 유지할 수만 있다면." 재은이 말했다.

"의사가 되고 싶은 특별한 이유가 있는 거야?" 민재가 재은에게 물었다.

"생명을 지켜 주는 직업이잖아, 의사라는 직업이. 난 아픈 사람을 치료해 주고 싶어. 사람이 아프면 아무것도 할 수 없어. 멍하니 계속 누워만 있게 되고. 그럼 쉽게 절망에 빠지게 돼. 절망은 사람을 죽음에 이르게 한다고 하더라고."

"멋있다."

"넌 무슨 일을 하고 싶니?" 재은이 민재에게 물었다.

"교사. 초등학교 말고, 중학교나 고등학교 쪽으로."

"그 이유는?" 재은의 질문이 이어졌다.

"딱히 없어. 다른 직업에 대해서는 잘 모르지만, 선생님이라는 직업은 그동안 내가 12년 동안 봐 온 직업이잖아. 학생들 앞에서 뭔가 설명하는 것도 멋있고…."

"맞아. 민재는 고1 때부터 선생님 되는 게 꿈이라고 그랬어." 옆에서 지수가 거들었다.

"선생님들의 근무 환경이 너무 열악한 것 같아. 우리야 수능 때문에라도 교실에 남아 늦게까지 공부한다고 쳐도, 선생님들은 우리 때문에 항상 늦게까지 남아야 해. 선생님들이 제때 퇴근해서 가족들을 보살펴야 할 텐데 말이야." 재은이 민재와 지수를 보며 말했다.

"그 생각은 못 했네. 밤 10시까지 야간 자율학습해야 하는 우리만 힘든 줄 알았는데…." 민재가 말했다.

"그거 아니? 아직 전교조가 불법 단체로 규정된 거." 재은의 입에서 고등학생들의 대화에 등장하지 않을 법한 '전교조'라는 낯선 단어가 언급되었다.

"전교조? 그게 뭔데? 종교단체야?" 민재가 의아해하며 재은에게 물었다. 지수도 그 어휘를 모르기는 마찬가지였다.

"전국교직원노동조합이야. 줄여서 전교조 또는 교원노조. 선생님들의 인권 보호를 위해 1960년대에 교사들이 주축이 되어 만든 단체인데, 아직도 합법화되지 않았대. 그래서 계속 투쟁을 한다고 들었어." 이어 민재를 향해 "네가 선생님이 될 즈음에는 그 단체가 합법화되었으면 좋겠어." 라고 말했다.

민재는 재은의 식견에 깜짝 놀랐다. 민재는 짧은 시간이었지만, 재은과의 대화를 통해 세상을 보는 눈이 점점 넓어지고 있다는 생각이 들었다. 재은은 늘 또래답지 않게 성숙하게 말했다. 민재는 평소에도 재은의 말을 생각하고 곱씹어 보았다.

* * * * * *   *   * * * * * *

민재가 재은을 만난 지 처음 한 달 정도까지는 셋이 함께 어울렸다. 그러다 민재와 재은이 단둘이 만나는 빈도가 늘었고, 반대로 민재와 지수의 사이는 급속도로 소원해졌다. 지수는 민재가 이제 자신을 좋아하지 않는다는 생각에 민재와 나누었던 손편지 교류도 멈췄고 오직 수능 시험에 집중했다.

* * * * * *   *   * * * * * *

민재와 재은은 영화 『타이타닉』을 보기 위해 극장에 갔다. 당시는 극장의 자리 번호 지정도, 영화표 사전 예매도 없었던 시절이다. 극장은 자리가 이미 만석이었음에도, 과매표하는 바람에 민재와 재은이 나란히 앉을 자리를 찾는 건 불가능했다. 민재는 간신히 찾은 자리를 재은에게 기꺼이 양보하고, 자신은 그 옆에 서서 영화를 보았다. 무려 세 시간이 넘도록.

영화 보는 내내, 재은은 민재를 안쓰럽게 바라봤다.

삼십 분 간격으로 재은은 작은 목소리로 민재를 향해 말했다.

"이제 네가 앉아."
그러나 그때마다 재은을 바라보는 민재는 "괜찮아."라고 말했다. 밝은 표정으로.

민재는 생각했다. '리어나도 디캐프리오가 깨진 작은 합판 위에 케이트 윈슬렛을 앉히고 얼음 바닷속에서 서서히 죽음을 맞이했던 것처럼, 나도 언젠가 사랑하는 사람을 위해 목숨을 바칠 수 있을까.'

****** * ******

한 어린 여자아이가 미동도 없이 의자에 앉아 있다. 가끔 코와 입을 움찔거리긴 했지만 팔과 다리는 전혀 움직이지 않았다.

"오빠, 다 돼가? 나 힘들어."
"거의 다 돼가. 조금만 참아."

여자아이보다 대 여섯 살은 많아 보이는 남자아이가, 스케치북에 그 여자아이의 옆모습을 모두 그려 넣는 순간이었다. 둘의 행색은 초라했지만, 그림 속 여자아이의 옷차림은 그러하지 않았다.

"다 됐어. 짠!"
"와. 너무 잘 그렸어. 이거 나 주는 거야?"

"응. 오늘이 네 생일이잖아. 생일 선물이야."
"이제 얼른 한마리원에 들어가자 오빠. 이러다 간식 다 없어지겠어."

"간식은 쉽게 안 없어져."

둘은 자리에서 일어나 갈색 보육원 건물로 향했다. 그 건물의 커다란 창문엔 글자가 하나씩 붙어 있었는데, 앞쪽 그리고 중간중간 "선", "사", "아" 자가 떨어져 있었다. 그래서 그곳에 사는 아이들은 이 보육원을 "한마리원"이라 불렀다.

보육원으로 들어가자마자, 둘은 특별한 날에만 입을 수 있는 옷을 꺼내 입었다. 그리고 가슴팍에 명찰을 찼다. 어린 여자아이는 "주애린"이라 적힌 명찰을, 남자아이는 "주지석"이라는 명찰을 찼다. 그들에게 특별한 날이란, 자원봉사자들이 보육원을 방문하는 날이다.

민재는 학생 종합생활기록부에 기재할 사회봉사점수를 얻기 위해 반 친구들과 선한사마리아원에 갔다. 민재는 그날 보육원 주방에서 봉사자 아주머니들과 간단한 음식을 만들었고, 설거지도 했다.

또래보다 왜소하고, 하지만 비밀을 간직하고 있는 듯한 신비로운 눈망울을 가진 여자아이가 유난히 민재의 눈에 들어왔다. 여자아이 곁에는 초등학교 고학년으로 보이는 남자아이, 바로 지석이 있었는데, 둘은 마치 남매 사이로 보였다.

민재는 그 둘에게 다가갔다.

"너희 둘은 남매구나. 성도 같고."

그러자 남자아이가 말했다.

"네, 맞아요. 우리. 애린이가 오늘 생일이에요. 축하해 주세요."
"오! 정말? 생일 축하해, 애린아."

민재는 망설임 없이 애린에게 자신이 차고 있던 손목시계를 풀어주었다.
"애린아. 따로 선물을 준비하지 못했어. 산 지 얼마 안 된 거야."

애린은 민재에게 눈인사하더니 그 시계를 다시 지석에게 건네주었다.

봉사활동을 마친 민재가 보육원 행정실에서 봉사활동 확인서를 받았다. 보육원 원장으로 보이는 수녀님이 민재에게 말했다.

"학생. 이거 받아."

수녀님이 내민 것은 놀랍게도 민재의 손목시계였다.

"이건. 제가 애린에게 준 건데요. 생일 선물로."
"애린이 그러니? 오늘 자기 생일이라고?"

"네…."
"애린이는 자기 생일이 언제인지 몰라." 수녀님은 말을 이어갔다.

"이곳에서 애린만 이런 특별한 선물을 받으면, 선물을 받지 못한 다른 아이들에겐 상처가 돼. 학생의 따뜻한 마음은 이미 애린이에게 잘 전해졌을 거야. 이해해 줘. 그리고 지석은 애린의 친오빠가 아니야. 애린이 보육원에 이름도 없이 와서 지석의 성을 따 이름을 지어 준 거야. 서로 의지가 되도록 남매처럼 지낼 수 있게."

시계를 다시 받아든 민재는 발길이 떨어지지 않았다.

'아무리 그래도 줬다가 뺏는 건 아닌데…. 다음 주에 다시 와서 수녀님 몰래 줘야 할까? 아니면, 수녀님 말씀을 따르는 게 좋을까?'

****** * ******

같은 해 가을.

도서관에서 공부를 마치고 언덕을 내려오면서 민재와 재은이 대화를 나눴다.

"오늘 공부는 잘됐어?" 재은이 민재에게 물었다.

"알차게 잘한 거 같아. 문제도 제법 많이 풀었고. 근데 집에 가서 더 할 거야."

민재가 만족스러운 말투로 말했다. 이어서 민재는 "나, 이번에 수학 경시 대회 나가. 다 네 덕분이야. 너랑 주말에 만나 공부하면서 성적이 크게 올랐거든."이라고 말했다.

"정말 다행이다. 공부가 잘돼서. 경시 대회에서도 좋은 결과 있었으면 좋겠다." 재은이 민재를 향해 밝게 웃으며 말했다. 재은은 잠시 가던 길을 멈추고, 자신의 체크무늬 가방을 열어 민재에게 봉투를 하나 내밀었다.

"러브레터야. 일본 영화."
"러브레터?"

"응. 이와이 순지 감독의 영화. 나 대전에 있을 때 알고 지냈던 친한 친구가 있는데, 이걸 보내왔어. 힘들 때 보라고. 일본에서는 1995년에 개봉된 영화인데, 우리나라에서는 아직 개봉되지 않은 영화야. 신기하지? 극장 개봉도 하기 전에 영화를 볼 수 있다는 게."
"고마워. 잘 볼게."

"한글 자막이 있어서 보는 데 문제는 없어. 천천히 봐. 난 이미 봤으니까."
"고마워, 재은아. 근데, 재은아. 오늘 얼굴색이 많이 안 좋네. 얼굴빛이 보라색이야."

민재는 걱정 가득한 말투로 말했다.

"응. 내일 병원에 가야 해. 늘 그랬던 것처럼…."
"미안해. 내가 아무런 도움이 되어 주지 못해서."

"그런 말이 어딨어. 괜찮아. 내일 지나면 금방 또 회복할 거야. 너무 걱정하지 마."

"가방 이리 줘. 내가 들게."

민재는 재은의 책가방을 받았다. 어느덧 둘은 재은의 집 앞까지 왔다.

"내가 의사가 된다면, 내 병을 고칠 수 있을까? 몸이 아픈 이유로 줄곧 그 생각만 했어. 의사가 되어야겠다는 생각. 그런데 요즘 점점 더 몸이 안 좋아지는 것 같아. 오래 앉아 있기도 어려울 정도로…. 그래서 집중도 잘 안되고 성적도 계속 떨어지는 것 같고. 이러다간 의대에 떨어질 것 같지?"

재은의 말에 민재는 아무 말도 못 하고 안쓰럽게 쳐다보았다.

"얼른 들어가. 많이 늦었다." 집 앞에 선 재은이 민재에게 말했다.
"내가 다신 아팠으면 좋겠어. 너 대신."

민재는 알았다. 자신이 건네는 위로의 말이 재은에게 실제적인 도움이 안 된다는 것을.

"난 정말 괜찮아." 재은이 민재를 향해 나지막이 말했다.

민재가 발길을 돌리려 할 때, 재은은 민재에게 다가가 그의 볼에 가볍게 입을 맞췄다. 처음이었다. 재은의 두 입술이 민재의 뺨에 닿은 건. 그리고 엄마가 아닌 여자의 입술이 닿은 것도.

재은과 작별 인사를 나눈 민재는 집까지 쉬지 않고 뛰어갔다. 버스를 한 번은 갈아타야 할 긴 거리를. 기쁨의 질주는 확실히 아니었다. 자신에게 키스의 선물을 주었다는 황홀감보다, 재은의 몸이 점점 더 안 좋아진다는 사실에 대한 괴로움의 질주였다.

2021년 어느 여름날

"투둑 탁, 트드둑"

예고에 없던 비가 내리기 시작했다. 민재는 지면에 떨어지는 비의 리드미컬한 사운드를 듣기 위해 창문을 열었다.

8월 여름의 더운 기운을 머금은 비에서 비릿한 습습함이 느껴졌다. 민재는 다시 자리로 돌아와 노트북 컴퓨터를 열었다. 그에게 배정된 서비스 신청 건은 단 한 개. 평소라면 일이 없더라도 근무시간을 모두 지켜야 하겠지만, 코로나 감염병 확산으로 인해 시작된 재택근무는 퇴근 시간을 앞당겼다.

민재는 전산 장애의 문제점을 확인하고 해결하는 일을 맡고 있다.

서비스 요청인의 이름은 최지수 부장. 마케팅지원팀장을 맡고 있다. 지수는 회사에서 가장 바쁜 사람이다.

전산 장애의 내용은 회사 이메일 계정 접속 오류다. 재택근무 시작 후, 가장 빈번하게 발생하는 장애 중 하나다. 보안 설정 변경을 통해 간단히 해결할 수 있는 일이지만, 민재는 일부러 시간을 끈다.

민재는 사람들이 금방 문제가 해결되는 것보다, 시간이 걸려 해결되는 것을 더 좋아한다고 생각했다. 직원들의 만족도는 민재에게 곧 계약의 연장이다.

최 부장의 컴퓨터에 원격 접속을 했다. 그녀의 데스크톱 위에는 온통 숫자로 가득한 엑셀 창들이 열려 있다. 한 눈으로 봐도 일이 바쁜 사람으로 보였다. 민재는 시간 끌기보다는 빨리 문제를 해결해 주고 싶었다.

민재가 이메일 계정 접속 문제를 해결하는 데에 오 분도 채 걸리지 않았다. 민재는 원격 접속된 상태에서 최 부장의 노트패드를 열어 최 부장에게 문제가 해결되었다고 텍스트를 넣었다.

최 부장은 신속하게 문제를 해결해 줘서 고맙다는 텍스트를 적었다. 최 부장이 열려 있던 엑셀 파일들을 모두 내리자, 그녀의 바탕화면이 보였다.

최 부장과의 원격 접속을 해지하려던 순간, 그녀의 바탕화면이 민재의 시선을 빠르게 사로잡았다. 바탕화면 속 그녀의 모습은 민재가 예전에 알던 사람과 몹시 닮았기 때문이다.

"혹시…. 삼원여고를 졸업하셨나요, 99년도에?"

"그런데요…."

"나야. 강민재. 지수 너 맞구나. 되게 신기하다."

"대정고 민재? 정말 내가 아는 민재 맞아? 이게 대체 얼마 만이야. 반가워."

지수는 직원검색을 통해 민재의 번호를 확인하고 곧바로 전화를 걸었다.

"우리 회사에는 언제 입사한 거야?"

"석 달 정도 돼가. 너는 직급이 무려 부장이네. 오래 다녔나 보다."

"응, 좀 됐어."

"멋있다. 대기업의 부장님이라니. 내 도움이 필요하면 언제든 말해. 최우선으로 처리할게."

"고마워, 민재야. 우리 다음에 꼭 만나자."

통화를 마친 지수에게 중학생 딸, 소민이 왔다.

"엄마, 방금 누구랑 통화했어? 친구?"
"응, 엄마 친구. 아주 오래전 친구."

"남자?"
"응, 남자."

"오호…. 아빠가 알면 서운해하겠는데?"
"갑자기 아빠는 왜?"

"아빠 자기가 엄마의 첫 남자인 줄 알잖아."
"쓸데없는 소리 한다. 엄마 바쁘니까 어서 나가."

지수는 소민이 방에서 나가도록 등을 떠밀었다.

"안 그래도 나가려고 했네요! 나 학원 가야 해."
"벌써 그렇게 됐나?"

소민의 나가는 뒷모습까지 확인한 지수는, 회사 인사팀장인 이현욱에
게 전화를 걸었다.

"바쁜 최 부장이 웬일이야. 직접 전화도 주시고."

"확인하고 싶은 게 있어서."

지수와 현욱은 입사 동기이고 서로 친한 사이다. 지수는 현욱에게 민재의 인사기록을 요청했다.

"원래 안 되는 거지만, 너니까 주는 거야. 다른 데 유포하지 말고. 락 (lock) 걸어놨어. 비번은 네 사번."
"라임 좋은데? 비번은 네 사번."

"최 부장한테만 얘기하는 건데…. 내년에 기본급이 줄지도 모르겠어. 재무 상황이 점점 안 좋아져서."
"나보고 물건 잘 팔고 수금 제때 잘하라는 의미지? 그거 때문에 박 전무가 항상 나를 괴롭혀, 이젠 원격으로."

"요즘같이 위기 상황에서는 안 털리는 부서가 없어. 그중에서도 인사팀이 제일 많이 휘둘리지. 사장한테 닦기고, 직원들 민원에 치이고."
"영업만 힘들 줄 알았는데 그게 아닌가 보네. 힘내. 언젠가 좋은 날이 오겠지."

지수는 민재의 인사카드를 보았다.

『1999년 대정고등학교 졸업』

대학 졸업 후, 민재는 한 직장에 2년 이상 일하지 않았다. 지수가 다니는 회사에서도 2년 파견 계약 근로자로 삼 개월째 일하고 있다.

지수는 26년 전 민재를 떠올렸다. 핸드폰도, 인터넷도 없던 그 시절. 지수는 민재를 좋아하는 감정을 에둘러 표현하기 위해, 쓰고 또 고치던 그러나 부치지 못한 손편지에 적어 놓았었다.

지수는 오래된 편지함을 열었다. 민재에게 미처 보내지 못한 밀봉된 편지 몇 개가 들어 있다.

'이걸 민재에게 줬다면, 우리의 삶이 바뀌었을까…'

지수가 상념에 잠겨 있을 때, 그녀의 남편에게서 문자가 왔다.

『오늘 집에 못 들어올 것 같아』
『오늘도 수술이야?』

『응』
『잘하고』

지수의 남편, 현철은 대학병원 응급 외과 의사다. 응급 수술이 있는 날이면, 집에 들어오지 못하는 날이 허다하다.

지수는 민재에게 문자를 보냈다.

『오늘 저녁에 시간 돼? 같이 밥 먹고 싶은데』
『나야 시간 많지. 어디서 볼까?』

지수는 핸드백에 편지 하나를 넣었다. 대학 입학 전 민재에게 주려 했던 그 편지를.

그 시각. 소민은 학원에 갔다. 과학고 입학을 위해 다니는 학원이다. 수요일을 제외한 평일 내내, 밤 11시까지 수업이 있다. 주말에는 저녁 8시까지다.

단짝 친구 선이 소민에게 말을 걸었다.

"일찍 왔네?"
"응."

"무슨 일이야. 평소에 늘 딱 맞게 오면서."

"집에서 할 것도 없고…."

"부모님께서는 여전하신 거야?"
"응. 어쩌겠어. 내가 할 수 있는 게 없는데. 넌 공부가 재밌니?"

"공부가 재미있는 사람이 어딨겠어. 시험 때문에 하는 거지."
"그래야겠지. 세상으로부터 인정을 받으려면 시험을 잘 봐야 하는 거고."

소민은 자신의 자리에 놓인 바나나 우유에 빨대를 꽂으며,

"잘 마실게."라고 말했다.
"그거 내가 산 거 아닌데."

"너 아니었어? 그럼 누가?"
"저어~기."

선의 손은 어느 남학생을 가리켰다. 그 남학생은 소민과 선을 향해 살짝 웃었다. 주위를 둘러보니, 학원 아이들의 모든 자리 위에 바나나 우유가 올려져 있다.

소민이 남학생을 향해 다가갔다. 명찰에 적힌 그의 이름은 강민영.

"잘 먹을게. 고마워. 내 이름은 소민이야. 반가워."

소민이 민영에게 손을 내밀었다. 소민과 악수한 민영도 말했다.

"오늘 처음 등록했어. 앞으로 잘 지내자."
"네가 애들한테 전부 바나나 우유 쏜 거야?"

"엄마가."
"너희 엄마 센스 있으시다. 엄마는 가셨고?"

"응. 좀 전에."
"여기 어떤 학원인 줄 알고 온 거야?"

"응. 당연하지."

마침, 선생님이 들어오시면서 소민은 자연스럽게 자기 자리로 이동했다.

****** * ******

지수와 민재는 어느 일식집에서 앞에서 만났다. 민재의 옷차림은 수수한 청바지에 흰 티로 단출했다.

"그대로네. 하나도 안 변했어." 민재가 지수를 향해 말했다.

변하지 않았다는 민재의 말에 지수는 내심 좋았지만.

"안 변하긴. 세월의 흔적이 얼굴에 고스란히 남아 있는데…. 화장으로도 감출 수 없는….'이라고 말했다.
"배고픈데 어서 들어가자."

식사가 끝나갈 무렵, 지수가 민재에게 가장 묻고 싶었던 질문을 했다.

"결혼은 했고?"
"아니. 아직."

"설마…. 그럼 아직 미혼인 거야?"
"응. 너는?"

"난 오래전에 했지. 딸도 하나 있어. 중학교 3학년."
"일찍 했구나."

아직 미혼이라는 민재의 대답에 지수는 기분이 묘했다.

"왜 하지 않았어, 아직?"
"바쁘게 살다 보니…. 그렇게 됐네."

민재의 짧은 대답에 지수는 여러 가지 생각이 지나갔다. 졸업 후 이십여 년 동안 제대로 된 직장을 가지지 못한 것으로 보이는, 그녀의 첫사랑.

"우리 회사에는 어떻게 입사하게 된 거야? 누구 소개로 왔어?"
"아니. 채용 공고 보고 지원했어."

"참 신기해. 이렇게 널 다시 보게 될 줄이야. 그것도 무려 이십삼 년 후에."
"나도 그래."

"이제 곧 재택근무가 끝날 텐데, 그땐 회사에서 자주 보겠네."
"응."

둘은 커피를 마시며, 자연스럽게 학창 시절 일을 떠올리며 즐거워했다.

"민재야. 너 햄버거 참 좋아했었어. 햄버거집 가면 항상 밀크셰이크와 함께 먹었잖아."

"맞아. 기억력 좋네. 나 아직도 그래."

"우리 일요일마다 도서관에서 함께 공부하고, 언덕을 내려오면서 너랑 얘기했던 것도 기억나."
"맞아. 그랬었지."

"시험 기간에는 서로에게 문제도 내주고 그랬었는데."
"그랬어. 네가 내는 문제는 너무 어려워서 난 잘 못 풀었어. 내가 공부를 좀 못했지?"

"고등학교 때 친구들하고는 연락하고 지내?"
"아니. 그다지. 너는?"

"딱 한 명. 그래도 걔가 발이 넓어서, 그 친구 통해서 다양한 소식을 들어."
"재은이는? 재은이 어떻게 지내는지 들은 소식 있어?"

"재, 재은이?"

민재의 질문에 지수는 잠시 생각에 잠겼다. 지수가 고등학교 졸업 후 한 번도 떠올리지 않은 이름 유재은.

지수가 민재와 멀어지게 된 이유가 바로 재은이였기 때문이다.

"재은이 소식은 잘 모르겠는데…. 그건 네가 나보다 더 잘 알아야 하는
거 아니었어?"
"나도 몰라. 걔가 어떻게 지내는지."

"가장 마지막으로 만난 게 언젠데?"
"고등학교 삼학년 겨울. 수능 시험을 보기 전."

"그때 너희 둘 서로 사귀는 거 아니었어?"
"난 그런 줄 알았는데, 재은이는 그렇게 생각하지 않았나 봐."

둘은 식당을 나와서 가로수길을 잠시 걸었다.

"기억하지? 그때 우린 참 많은 편지를 주고받았었는데…. 그때 내가 준
편지 혹시 아직도 가지고 있니?" 지수가 물었다.
"미안해. 가지고 있는 게 없어. 관리를 제대로 못 해서."

"괜찮아. 가지고 있는 게 이상하지. 이십 년도 훨씬 넘은걸."
"너는 혹시 가지고 있니? 내가 쓴 거."

"하하하. 사실 나도 없어."

지수는 오늘 민재에게 주려고 했던 편지가 핸드백 밖으로 나올 일은 없겠다는 생각이 들었다. 민재는 자신의 머리를 쓱 쓸어 넘기며 말했다.

"네가 그렇게 말하니 나도 덜 미안하네. 그때가 참 좋았는데… 아무런 걱정도 없는 시절."
"걱정이 없긴. 그땐 그때대로 힘들었다구."

"그런가. 과거의 기억은 좋았던 것들만 남아 있어."
"너 요즘 힘드니?"

"글쎄요… 재밌다. 아니, 신기해."
"뭐가?"

"네 목소리가 똑같아서. 그때나 지금이나. 말투도 그렇고."
"싱겁긴. 이봐요, 강민재 학생. 너도 그래요. 하나도 안 변했어. 앞으로 지주 보겠네. 회사에서 내 도움이 필요하거든 언제든지 편히 말해."

"정말 든든하다, 지수야. 그럼 조심히 들어가."

둘은 주차장에서 헤어졌다.

집으로 돌아오는 길. 지수는 문득 재은의 안부가 궁금했다. 이제는 미움의 감정도 사라진 지 오래다. 이십여 년 전의 아련한 기억을 함께 떠올리며 이야기를 나눌 수 있는 그 누구라도 만나 보고 싶다. 그 사람을 통해, 그때의 내 모습을 보고 싶어서일까. 지수는 그 옛날 재은을 민재에게 소개해 준 그 날을 떠올렸다.

'그때 내가 재은을 민재에게 소개해 주지 않았더라면 어땠을까⋯.'

지수는 휴대폰을 열어 자신의 오랜 친구 선희에게 전화를 걸었다.

"선희야."

조선희. 그녀는 자주 연락을 주고받는 지수의 유일한 친구다.

"혹시 재은이 소식 알아? 유재은. 어떻게 지내는지⋯."
"재은이⋯. 미국으로 유학 갔던 애 말이지?"

"미국 유학?"
"1년 재수하고 유학 갔다는 얘기를 들었어."

"지금은?"

"나도 몰라. 우리 개하고는 별로 안 친했잖아."

"그랬지."

"갑자기 재은이는 왜?"

"그냥. 궁금해져서. 어떻게 사는지."

"알아볼게."

"고마워."

지수는 조금 전 민재와 식사를 했던 초밥집에 들러 초밥 3인분을 포장했다. 두 개는 소민에게 줄 것이었고, 하나는 늦게까지 야근할 남편을 위한 것이었다.

지수가 학원에 도착했다. 통창 너머로, 열심히 수업에 집중하는 소민의 모습이 보였다. 수업이 마치길 기다린 후, 소민에게 초밥을 건넸다.

"내 것만 준비한 거야?"

"네 것이랑 선이 것 이렇게 2인분이야."

"민영이 것도 있어야지."
"민영이?"

"요즘 새로 알게 된 친구. 엄마 손에 초밥 1인분 더 있네. 그거 다 줘."
"그건 아빠 주려고 따로 포장한 건데."

"아빠 건 따로 사면 되지."
"이런…. 기지배. 번거롭게."

지수는 현철에게 주려 했던 초밥까지 소민에게 건넸다. 지수는 다시 일식집으로 가서 초밥을 넉넉하게 샀다.

지수는 남편이 일하는 병원에 도착했다. 남편이 아직 수술실에 있다는 이야기를 들어, 가져온 음식을 남편의 자리 위에 두고 나왔다. 포스트잇과 함께.

『저녁 못 먹었을까 봐 두고 가 - 지수가』

누굴 좀 만났어

"지수야. 미안한데, 고등학교 졸업앨범 혹시 가지고 있니?"

민재의 요청으로, 지수는 팬트리 어느 한쪽에 깊숙이 넣어둔 졸업앨범을 찾았다. 졸업앨범 속 빛바랜 사진들은 세월의 흔적을 고스란히 담고 있었다.

"이런 때도 있었네."

깻잎 머리를 하고 있는 이십여 년 전 앳된 소녀들 가운데 이십 대 젊은 담임 선생님의 모습이 보였다.

'선생님도 참 좋으셨지. 때로는 언니 같고, 때로는 이모 같고.'

또 다른 장을 넘기니, 재은의 모습이 보였다.

'널 찾고 있는 사람이 있어. 그땐 내가 왜 널 그날 민재에게 소개해 줬을까 자책도 많이 했는데 이젠 내가 널 찾고 있네. 넌 어디에 있니? 미국에? 아니면 한국에? 아니면 민재의 마음속에?'

"뭐 해?"

현철의 한마디에 여고생 지수는 소민의 엄마로 돌아왔다.

"나도 이런 때가 있었네. 그때로 돌아가고 싶다. 사진 보니까, 내가 소민과 되게 닮았었네. 신기하지."
"그래서 다행이야. 날 안 닮은 게."

"왜? 당신이 어때서. 난 당신 외모에 반해 결혼한 건데."

지수는 재은의 모습이 펼쳐진 장 위에 핸드폰을 대고 사진을 찍었다.

"여자들의 감성이란. 난 졸업앨범이 어디 있는지도 몰라. 찾고 싶은 생각도 없고."
"누가 부탁을 해서."

"누구?"
"당신은 몰라도 돼."

“우리, 가족사진 한번 찍을까? 사진 찍은 지 좀 된 것 같은데.”

“나 바빠. 소민이도 과학고 준비로 바쁘고. 가족사진은 소민이 과학고 입학 이후에 찍는 거로 해.”

“그러지 뭐.”

* * * * * * * * * * * * *

“볼펜만 계속 돌리고 있네. 왜, 집중이 잘 안돼?”

선이 옆자리에 앉아 있는 소민에게 물었다.

“어떻게 말을 해야 할지 모르겠어.”

“언니의 상담이 필요해 보이는군.” 선은 일어나면서 소민의 어깨를 툭 툭 쳤다.

둘은 책을 덮고 1층으로 내려갔다.

“엄마가 문제야, 아빠가 문제야?”

“상황이 문제야.”

"엄마에게 네 생각을 얘기해 본 적은 있고?"

"아니."

"이 바보. 네 생각을 분명히 얘기해야지."

"내 생각?"

"응. 공부가 체질이 아닌 거 같다. 다른 걸 해 보고 싶다, 이렇게 말이야."

"공부가 체질이 아닌 건 확실히 알겠는데, 내가 공부 말고 어떤 다른 걸 해야 할지를 모르겠어. 딱히 하고 싶은 다른 게 있는 것도 아니야."

"춤에 소질 있어? 그럴 거 같진 않지만…."

"아니."

"음악엔? 잘 다루는 악기는?"

"없어."

"본인이 예쁘다고 생각해?"

"음…. 아니. 미모는 보통."

"남들이 신기해하는 재주, 뭐 초능력 이런 거 가지고 있어?"

"아니."

"오케이. 견적 딱 나왔어."

"뭔데?"

"넌 공부에 집중해야지."

"이런 딱순이. 넌 딱 우리 엄마처럼 말하네."

"특별히 다른 거 하고 싶은 거 없으니까, 일단 공부를 하면서, 찾아보는 거지. 너무 어렵게 생각하지 말자."

"엄마와 아빠는 항상 바빠. 엄마가 날 과고 준비 학원에 보내는 이유가 뭔지 알아? 늦게까지 잡아 두는 학원이 필요해서거든. 엄마나 아빠 일 때문에 그 시간 전까지 집에 절대 못 와."

"두 분 다 일하시면 돈은 엄청 많이 버시겠네."

"여기서 갑자기 돈 얘기가 왜 나와?"

"최소한 네가 돈 걱정 할 일은 없잖아. 언제든 하고 싶은 거 하면 되니까, 안 그래?"

"아빠는 어쩔 수 없다고 쳐. 근데 엄마는 이제 좀 회사를 그만두셨으면 좋겠어. 우리 가족이 모두 집에 모여서 밥 먹은 지도 오래된 거 같아."

"난 너희 엄마 정말 대단하다고 생각했는데. 그렇게 바쁘신데도 가끔 학원에 오셔서 너 먹을 거 챙겨 주시잖아. 그 덕에 물론 나도 먹고. 우리 엄마는 내가 학원 등록하고 나서 한 번도 안 오셨어. 그런 거는 안 감사해?"

마침 민영이 바나나 우유를 들고 1층 로비를 지나갔다. 소민과 선의 시선이 민영을 향했다.

"어~이 친구." 소민이 민영을 불렀다.
"응."

민영이 친구들을 보자 반갑게 인사했다.

"잠시만…." 민영은 가방 속을 뒤적이더니, 바나나 우유 두 개를 꺼내 소민과 선에게 각각 건넸다.
"너 바나나 우유 되게 좋아하는구나. 넌 어떻게 볼 때마다 바나나 우유를 들고 있어. 암튼, 고마워. 잘 먹을게."

민영의 열린 가방 속 사이로 책이 보였다. 그 책의 제목은 KMO 기하학. 호기심 많은 선이 민영이 가방을 닫기 전에 물었다.

"KMO 기하학? 새로 나온 수학 문제집이니?"
"아, 이거. 수학올림피아드 준비 책이야. 더 코리언 메써매티컬 올림피아드의 약자."

"우리 학원에서 수학올림피아드 준비 과정도 있었나?" 선이 민영에게
물었다.
"아니. 이건 개인적으로 준비하는 거야. 과외로."

"너는 되게 앞서 나간다. 우린 올림피아드 대회는 생각도 안 해 봤는
데." 소민이 민영에게 말했다.
"나도 시작한 지 얼마 안 됐어. 혹시 관심 있으면 같이 공부할까?"

민영의 제안에 소민과 선이 서로를 바라보았다.

"일단, 올라가자. 수업 시간 다 돼가."

셋은 엘리베이터로 향했다.

* * * * * *   *   * * * * * *

『재은이 미국으로 유학하러 갔었대. UC얼바인. 거기서 간호학 전공했
고 의사와 결혼 후 한국에서 잘살고 있다고 함. 연락처까지 알아냈어. 필
요하면 줄게』

재택근무 기간이 끝난 지수는, 사무실에서 선희에게서 온 문자를 확인했다.

'선희는 참 대단해.'

지수는 선희에게 재빨리 문자를 보냈다.

『걘 어디 사는데?』
『청담동』

『감탄했어. 너의 정보력. 굿! 고마워! 연락처도 보내 줘. 재은에게 안부 인사나 하게』

지수는 선희를 통해 재은의 연락처를 받았다.

'이걸 민재에게 줘, 말아.'

고민하다가, 지수는 민재에게 전산 서비스 요청을 신청했다. 민재는 바로 지수에게 연락을 취했다.

"지수야, 지난번과 같은 증상으로 전산 요청했었네. 무슨 문제 있어?"

"아니. 그냥 너랑 얘기하고 싶어서 신청했지. 사는 얘기 하러. 서비스 신청 건수가 많을수록 너한테 도움이 되는 거 맞지?"

"맞아. 고마워."
"바빠?"

"아니, 여유 있어."
"좋네."

"너도 지금은 한가한가 보구나."
"응. 나도 그래."

"혹시 말이야, 지수야. 재은이 소식 들은 거 있어?"
"아직 없어."

"하긴. 이십 년 전에 연락이 끊긴 친구 소식을 확인하는 게 쉽지 않겠지."
"재은이 소식은 왜 궁금한데?"

"걔가 어떻게 사는지 보고 싶어서."
"이미 결혼해서 잘 살고 있지 않을까?"

"아마도 그렇겠지. 제발 그러기를 바라고…."

"너 혹시 재은이한테 미련이 남아서 그러는 거야?"

"미련일 수도 있고, 집착일 수도 있고."

"알아보고 있으니까, 좀 더 기다려 줘."

'벌써 몇 해가 흘렀는데, 얜 아직도 재은이 타령인지…. 미련도 하지.'

＊＊＊＊＊＊　＊　＊＊＊＊＊＊

소민에게서 문자가 왔다.

『엄마, 나 수학 과외받고 싶어』

『갑자기 과외?』

『응. 같은 학원 친구가 수학올림피아드 준비하는데 나도 거기 끼고 싶어서』

『신기하네. 우리 딸이 웬일이래』

『허락한 거로 알게』

『근데 누구? 선이가 올림피아드 준비를 했었나?』

『아니. 다른 친구야. 최근에 우리 학원에 온 친구 있어. 근데 선이도 나랑 같이할 거야』

『선생님은 검증된 분이야?』

『그런 거 같아. 사무실도 있대』

『선생님 이름하고 연락처 좀 알려 줘. 엄마가 퇴근하고 한번 들러볼게』

* * * * * *   *   * * * * * *

지수는 어떻게 민재와 처음 만났고 또 헤어졌는지를 떠올렸다.

반팅을 통해 우연히 만나게 된 둘. 휴대전화도, 호출기도 없던 그들이 유일하게 마음을 나누던 채널은 손편지였다. 시시콜콜한 일상의 일들, 새로운 것도 없는 학교에서의 일들도 그들에게는 늘 흥미로운 대화 주제였다.

지수의 편지 내용은 항상 길었다. 편지지 다섯 장을 넘기는 게 예사였다. 그에 비해, 민재의 글은 두 장을 넘지 않았다. 편지의 분량이 적다고 해서, 지수는 자신을 향한 민재의 정성이 부족했다고 생각하지는 않았다.

그러다, 민재가 재은을 알게 된 후, 지수에게는 연락을 거의 하지 않았다. 직접적으로 말을 하진 않았지만, 지수와 민재는 관계를 정리할 필요를 동시에 느끼고 있었다. 실제로 관계라고 할 것도 없다. 학창 시절 둘은 서로에 대한 깊은 호감만 표시했을 뿐, 손을 잡는다거나, 키스하는 등의 육체적인 접촉도 전혀 없었기에, 표면적으로 볼 땐 연인 사이도 아니었다. 그러니, 헤어지자는 표현은 성립되지 않는 것이다. 둘 사이는 그렇게 흐지부지 상태로 이십 년이 흐른 것이다.

'내가 민재에게 물어보지 못한 게 있었네. 넌 그때 왜 재은이가 그렇게 좋았는지. 청담동에서 너보다 훨씬 더 잘살고 있을 재은이를 걱정하지 말고, 네 미래를 걱정하길. 이제 그만 소년 감성에서 벗어나라고.'

****** * ******

"이 영화 본 적이 있어요. 주인공의 이름이···. 토토였죠?"

두 남녀가 재개봉되는 영화 『시네마천국』을 보기 위해 극장 대기실에서 기다리며 잠시 대화를 나눴다. 두 사람의 손에는 김이 모락모락 나는 커피가 들려 있다.

"맞아요. 토토. 알프레도 아저씨도 있었고. 토토는 첫사랑이었던 소녀를 삼십 년 후에 다시 만났지만 결국 사랑을 이루진 못했던 것 같아요."
"사실, 삼십 년 전 엘레나와 삼십 년 후 엘레나는 완전히 다른 사람이죠. 토토에 첫사랑의 기억이 워낙 강렬해서 다른 여성이 그의 마음에 들어갈 틈이 없었잖아요. 전 그 부분이 너무 슬펐어요. 오직 엘레나만 생각하며 삼십 년 동안 그녀를 찾아다녔다는 게."

"이제 들어갈까요? 상영 시간이 다 돼 가요."

* * * * * *   *   * * * * * *

"드르륵, 드르륵"

모르는 번호로 지수에게 전화가 왔다.

"제이피 파트너스 앤 솔루션즈 현종표입니다. 최지수 부장님 맞으시죠?"
"그런데요? 무슨 일이시죠? 제 번호는 또 어떻게 아시고…."

"그건 차차 말씀드리고요…. 매티스실업 아시죠?"
"당연히 알죠. 거기 우리 회사 경쟁산데. 그건 왜요?"

"저희는 에이치알(HR; Human Resouce)을 전문으로 하는 컨설팅 업체입니다. 매티스실업에서 저희 쪽으로 영업 총괄 임원 추천 제의가 들어왔습니다. 아무래 생각해 봐도, 최 부장님께서 적임자라고 생각해서 연락 드렸습니다."

"아, 그래요? 제가 왜 적임자인가요?"

"업계에서 상당히 유명하시던데요. 고객 관리로. 매티스 실업과 우리 회사는 오래전부터 함께 일을 해 왔습니다. 저희는 주로 C레벨(CEO, CFO, CSO등 기업체 고위 임원) 추천을 맡고 있죠. 어떤가요? 제가 매티스와 자리를 마련해 봐도 괜찮으실까요? 원하시는 선이 있으시면 미리 말씀해 주셔도 되고요."

"제안은 감사하나, 전 못 들은 거로 하겠습니다. 지금 직장에서 딱히 옮겨야 할 이유가 없거든요. 무엇보다도 지금 고객하고도 형성한 관계가 깊기도 하고요."

"알겠습니다. 그 자리는 쉽게 채워지지 않을 자리니, 언제라도 마음이 바뀌시면 연락하십시오."

* * * * * *　*　* * * * * *

영화 『시네마천국』 관람을 마치고 나온 그 커플의 눈에 뽀로로 극장판 광고가 보였다.

"현철 씨 어릴 땐 저 애니메이션은 없었지요?"

"저희 땐 없었어요. 소민이 키우면서 알았죠. 여전히 인기네요. 이제는 영화로도 제작되는 걸 보면. 애린 씨는 뽀로로 세대겠네요."

"맞아요. 제가 어릴 때 정말 재미있게 봤던 기억이 있어요. 자라온 환경상, 자주는 아니었지만요. 뽀로로와 친구들을 보고 있으면 제가 처한 현실을 까맣게 잊게 돼요. 그리고 얼마나 자주 상상했는지 몰라요. 뽀롱뽀롱 숲에서 사는 것을요."
"왜요? 노는 게 제일 좋아서요?"

"하하하. 기억하고 있군요, 현철 씨. 그거 아는 사람 많지 않은데. 뽀롱뽀롱 숲에 살고 싶었던 이유는, 그곳에선 다툼도, 시기심도 하룻저녁이 지나기 전에 모두 사라져요. 다음날이 되면 언제나 그렇듯 서로를 아끼고 위해 주죠."
"아이들의 시선에 맞춘 만화인데, 어른들에게도 교훈을 주는군요. 뽀롱뽀롱 친구들처럼만 이 세상을 살아갈 수 있다면 아픔은 없겠네요."

"그러니깐요."

둘은 먹던 빈 팝콘 상자와 빈 음료를 버리며 영화관 밖으로 나갔다.

* * * * * *   *   * * * * * *

지수는 소민이 말한 과외 선생님을 방문했다. 과외 학원 위치는 대치동. 과외 학원은 6층짜리 건물이다. 입시 컨설턴트가 밝은 얼굴로 먼저 지수를 맞이했다.

"저희는 십오 년 넘도록 KMO, IMO(International Mathematical Olympiad; 국제수학올림피아드) 학습 컨설팅과 개인 교습을 해 왔습니다. 이 분야에서는 국내 탑입니다."
"입상자들 명단 좀 볼 수 있나요?"

"그럼요."

컨설턴트는 책자를 펼치며, 지난해 수상자들을 소개했다.

"믿고 맡길 수 있겠네요."
"수학올림피아드 대회 입상은 과학고 입시에서 빼놓을 수 없는 스펙이죠."

"소민이가 또래보다 수학이 좀 처지는 게 사실인데, 수학 실력이 단시간에 향상될 수 있을까요?"
"본인의 노력이 제일 중요하겠지만, 저희는 일대일 철저한 관리가 따라붙기 때문에 스케줄대로 움직인다면 성과는 분명히 있을 것이라 확신합니다. 사모님께서 말씀하신 대로 믿고 맡겨 주세요."

"지도 선생님들의 경력도 좀 볼 수 있을까요?"

"그럼요."

컨설턴트는 별도로 마련된 교수진 책자를 지수에게 내밀었다. 서울대는 물론, 일본, 러시아 유명 대학에서 수학과 물리학을 전공한 선생님들로 즐비했다.

"좋네요. 등록할게요."

지수는 6개월 치 학원비를 선결제했다.

* * * * * * * * * * * * *

집으로 돌아가는 길. 선희에게서 마침 전화가 왔다.

"지수야, 내가 좀 이상한 광경을 봤어."

"뭘 봤길래⋯."

"너희 남편 말이야. 젊은 여자하고 커피를 마시고 있더라고."

"직장 사람들하고 그럴 수도 있지. 병원 후배인가 보지 뭐."

"커피를 마신 장소가 영화 상영관 대기실이었어. 영화를 기다리는 것처럼 보이더라고."

"뭐? 여… 영화?"

"응."

"진짜 내 남편 맞아? 네가 잘못 봤겠지."

"네 남편하고 되게 닮았던데…. 내가 잘못 본 거였으면 좋겠다. 얘기할지 말지 고민했는데, 그래도 얘기를 해야 할 것 같아서."

"얘기 잘했어. 고마워."

지수는 방향을 틀어 남편이 일하는 잠원동 병원으로 향했다. 병원에 도착하자마자 남편 사무실로 들어갔다. 자리에 없었다.

마침 간호사가 지수를 보며 "오늘 선생님 몸이 안 좋으시다고 일찍 퇴근하셨어요."라고 말했다.

"일찍요? 몇 시에 나가셨어요?"

"점심 전에요."

"알겠어요."

지수는 다시 집을 향해 운전했다.

'별거 아닐 거야. 무슨 사정이 있었겠지.'

지수는 이 문장을 계속 반복하며, 집에 도착했다. 애완견 나리가 지수를 반갑게 맞이했다. 남편 현철은 소파에 앉아 텔레비전을 보다가 지수를 보며 물었다.

"왔어? 오늘 좀 늦었네? 저녁은?"
"먹었어. 당신은?"

"나도 먹었어."
"뭐 먹었어?"

"뭐 먹었더라…. 기억도 잘 안나. 병원 밥 늘 똑같지 뭐."
"오늘 먹은 저녁 메뉴가 기억이…. 안 나?"

"왜 그래? 별로 중요하지도 않은 거 가지고."
"알았어."

지수는 안방으로 들어갔다. 문을 꼭 닫고 선희에게 전화를 걸었다.

"선희야. 아까 네가 말한 거 말인데….”
"응, 말해.”

"남편이 무슨 옷 입고 있었는지 기억나? 영화관에서.”
"어. 베이지색 셔츠에 청바지 차림이었어.”

"아, 그래?”
"왜? 정말 네 남편 맞아?”

"아니야. 네가 잘못 본 거 같아. 남편은 오늘 그렇게 옷을 입지 않았어.”
"그렇다면 다행이고. 괜히 걱정했네. 그럼 그렇지. 네 남편이 어디 그럴 사람이냐고. 너하고 소민이밖에 모르는 사람이잖아.”

"그래, 고맙다. 시간 늦었으니 이만 통화하자.”

지수는 편안한 옷으로 갈아입었다. 화장을 지우려 하던 중, 지수의 시선은 빨래 바구니를 향했다. 수건 몇 장을 들춰내니, 뒤집힌 양말들과 바지, 셔츠가 보였다. 바지는 청바지였고, 셔츠의 색은 베이지색이다.

마침 현철이 방문을 열고 들어왔다.

지수는 남편에게 영화관에 갔었는지 물어볼 용기가 나지 않았다.

'남편은 오늘 온종일 병원에서 일한 거야.'

현철이 입을 열었다.

"오늘 천만 원이 일시금으로 결제되었던데, 어디에 쓴 거지?"
"소민이 학원."

"학원은 이미 다니고 있잖아."
"수학올림피아드 준비 학원에 가서 상담 좀 받았어. 육 개월 치 선결제
한 거고."

"아, 그랬구나."
"결제한 건 왜 물어봐? 내가 어디 허튼 데 돈 써?"

"그건 아니지만…. 물어볼 수도 있지. 갑자기 문자로 천만 원 결제되었
다고 뜨니까."

지수가 침대에 눕자, 현철이 슬금슬금 지수 옆에 다가와 누웠다. 현철
의 손이 지수의 몸을 더듬으려 하자, 지수가 손을 뿌리치며 말했다.

"그냥 자. 나 피곤해."

"온종일 일한 나는 안 피곤해? 피곤해도 정기적인 관계를 위해서 그러는 거야."

"그건 무슨 소리야. 부부관계가 일이야? 뭘 정기적으로 해?"

"우리 나이일수록 규칙적으로 해야 해."

지수는 나이가 들수록 부부 사이에서 언어의 대화보다는 몸의 대화가 더 간편해지는 게 싫었다. 언제부터였는지 기억도 잘 안 난다. 둘의 의미 있는 대화가 끊어진 게. 막상 대화를 시작하려면, 배경 설명부터 길게 해야 한다. 왜냐하면, 어떤 주제로 '제대로' 이어간 대화가 별로 없기 때문이다.

지수는 더는 현철의 손을 말리지 않았다. 현철의 요구도 틀린 말은 아니니까. 하지만 지수는 관계 내내 눈을 뜨고 있었다. 지수의 머릿속은 한 가지 생각으로만 가득 찼다.

'박현철. 넌 오늘 도대체 누굴 만난 거야? 내가 물어보기 전에 네가 먼저 말하는 게 좋을 것 같은데….'

* * * * * * * * * * * * *

새벽 두 시. 민영이 공부를 하고 있다. 펼쳐진 책은 KMO 기하학 문제집. 거실에도 불이 켜져 있고 한 여성이 소파에 앉아 책을 읽고 있다. 바로 민영의 엄마 재은이다. 재은은 잠시 후 민영의 방에 들어갔다.

"마실 것 좀 줄까?"
"아니요. 괜찮아요." 민영은 문제를 푸느라 정신이 없다.

"복습은 다 마쳤어?"
"거의 끝나가요."

"수고했어. 마무리하고. 어서 자."
"엄마도 얼른 주무세요."

민영의 방에 불이 곧 꺼졌지만, 거실 등은 아직 꺼지지 않았다. 재은은 남편이 들어오지 않았기에 거실 등을 끌 수 없었다.

새벽 세 시. 재은의 남편 찬식이 집에 들어왔다. 찬식은 거실에 앉아 있는 재은을 말없이 지나쳐 자신의 방으로 들어갔다. 재은도 아무 말 없이 이내 거실 등을 끄고 홀로 안방으로 갔다.

여행

『잠시 시간 되세요? 날씨가 정말 좋아요』

문자를 받은 현철은 병원 근처 공원으로 걸어갔다. 그곳에 애린이 기다리고 있었다.

"손목 시큰거리는 거는 이제 괜찮아졌나요? 어깨는요?"
"이제 정말 괜찮아요. 다 나은 거 같아요. 현철 씨 덕분에요."

"다행입니다. 박아 놓은 핀을 제거하는 수술을 하긴 해야 해요. 수술은…. 한 일주일 정도? 애린 씨 방학 때 하면 되겠네요."
"고마워요. 현철 씨."

애린과 현철은 천천히 공원을 거닐었다. 애린이 현철을 보며 말했다.

"하늘 좀 보세요. 너무 맑고 예뻐요."
"그렇네요. 하늘이 어쩜 이렇게 파랄까요."

"참, 점심은 먹었어요? 요즘도 김밥만 드세요?"

"네. 어쩔 수 없죠. 저만 바쁜 것도 아니고. 애린 씨는요? 애린 씨는 식사했어요?"

"네, 먹었어요."

"뭐 드셨어요?"

"저도 공교롭게도 김밥을 먹었네요."

"하하하. 그랬군요. 오늘 우리 좀 통하는 게 있네요! 그럼 커피 한잔할까요?"

"좋아요."

둘은 커피 트럭으로 향해 걸었다. 가을바람에 애린의 머릿결이 하늘거렸다. 아직은 초록빛의 나뭇잎들도 일렁거렸다. 둘은 커피를 들고 벤치에 앉았다. 벤치 앞엔 작은 호수가 있다.

"여기엔 자주 오세요?" 애린이 물었다.

"가끔 와요."

"산책하기 정말 좋은 곳이네요. 적당히 그늘도 있고, 가까운 곳에 주차장도 넓고."

"이곳이 원래 공원은 아니었어요."

"그럼 뭐가 있었나요?"

"동물원요."

"어머, 그래요? 동물원이 어쩌다가 사라졌나요?"

"이유는 잘 모르겠어요. 운영이 안 돼서 없앤 게 아닐까요?"

"원래 어떤 동물들이 있었나요?"

"사슴, 라마, 양, 염소, 토끼 같은 초식동물도 있었던 것 같고, 수가 많진 않았지만, 맹수도 있었어요. 곰, 하이에나 같은."

"못 봐서 아쉽긴 하지만, 동물원이 사라진 건 좋은 일 같아요."

"어째서요?"

"갇혀 있던 동물들이 해방되었을 테니까요. 그 속에서 얼마나 답답했겠어요."

"그럴 수도 있겠네요. 그 동물들이 모두 자연으로 방목되었다면 좋겠지만. 또 다른 동물원으로 갔다면…."

"그렇지 않다고 생각할래요. 그게 편해요."

"예전에 동물원이 있었을 때는, 사람들이 가족 단위로 많이 왔었어요. 특히 아이들. 먹이를 들고 동물들에 가면, 동물들이 참 애들을 반겼었어요."

"그것도 좀…. 슬프네요. 평상시 동물원이 먹이를 얼마나 안 줬으면…."

"그 먹이도 돈을 받고 관람객들에게 팔았었죠."

"철저히 자본주의적이었네요. 없애길 잘한 거 같아요. 동물들이 얼마나 스트레스를 받았겠어요."

"하지만, 아이들은 먹이를 받아먹는 동물들이 신기해 보이고 재미있었겠지요. 저도 딸과 와 본 적이 있거든요. 딸이 참 좋아했었어요."

"아이들은 그럴 수 있죠. 도심지엔 놀 만한 게 없으니, 아이들에게 동물원은 언제나 즐거운 경험이죠. 물론 어른에게도. 아내분도 같이 왔었겠네요."

"네. 그랬죠."

"제가 살아온 곳은 마치 동물원과 같았어요. 때가 되면 사람들은 선물과 먹이를 들고 찾아오는. 그러다가 그 사람들과 원치 않는 사진도 찍어야 하고, 재롱도 부려야 하고. 그렇게라도 해야, 그 사람들이 다시 찾아올 거라 생각했었거든요. 근데 그거 아세요? 한 번 온 사람들은 다시 오지 않는다는 거. 제가 이걸 깨달은 게 초등학교 4학년 때였어요. 그 이후 론, 새로운 사람들에 대해서는 전혀 기대하지 않게 되더라고요. 오빠 외에는….

"오빠요?"

"네. 그곳에서 함께 자란 오빠요. 친오빠는 아니고요. 오빠는 어릴 때부터 그림에 재능이 많았어요. 종이와 연필만 있으면 모든 것을 그려냈어요. 특히 저를 많이 그려 주긴 했지만요."

"혹시 애린 씨가 그 오빠분의 영향을 받은 건가요."

"맞아요. 제게 정말 엄청난 영향을 줬지요. 나이는 저보다 다섯 살 정도 많지만, 제게는 아빠나 다름없어요. 그곳에서 제가 유일하게 의지했던 사람이에요."

"그분 건강이 많이 안 좋다고 들었는데, 요즘은 좀 어떠신가요?"

"더 악화하는 것 같아요."

"암이라는 게 그래요. 젊을수록 전이 속도도 빠르고…. 젊었을 때 조기에 발견하면 회복 속도도 빠르지만, 늦게 발견될수록 안타까운 일들이 생기게 되더라고요."

"프랑스로 간 후, 한동안 연락이 없어서 잘 지내는 줄로만 알았었는데…."

"곁에 보살펴 줄 사람은 있고요?"

"없을 거예요. 그 오빠 성격에. 늘 혼자 있는 걸 좋아했었거든요. 그래서 더 제가 미안해요."
"자책하지 마요. 애린 씨 잘못이 아네요."

"아네요. 제 잘못 맞아요."

둘 사이엔 잠시 어색한 침묵이 흘렀다. 애린이 현철에게 물었다.

"제가 처음부터 현철 씨와 같은 사람을 만났었다면 어땠을까요?"
"처음…부터요?"

"네. 만약 그랬다면, 그렇게 멍청한 선택도 하지 않았을 텐데…."

애린의 대답에, 현철은 2년 전 애린이 도롯가에 뛰어들었던 기억이 떠올랐다.

"인생사에 만일이라는 가정은…. 언제나 미련만 남기기 마련이죠. 만약 그랬더라면, 저로서는 애린 씨를 만나지 못했겠죠…. 저는 그 사고 때문에 애린 씨를 알게 된 것이니…."

"아, 그렇게 되는군요…. 제 가정이 어리석었네요."

"아녜요. 충분히 이해해요. 이제 애린 씨도 남자를 보는 안목에 변화가
생겼으리라 생각해요."

둘은 다시 병원 쪽으로 향해 방향을 틀었다.

"지금도 아내와 가끔 산책하세요?"
"산책? 어디를요?"

"어디든요."
"글쎄요. 서로 아주 바빠서…."

"참. 아내분께서 대기업 부장님이라고 하셨죠."
"네. 저는 와이프가 직장을 그만두고 가정에 좀 더 집중했으면 하는데,
아내는 점점 더 회사일에 바빠지네요. 그래도, 딸이 어렸을 때는, 셋이서
여기저기 놀러 많이 다녔었어요. 근데 딸아이가 점점 크면서, 그러질 못
했어요."

"왜 그랬죠?"
"아내는 아내대로, 저는 저대로 바빠졌거든요."

"딸 이름이 뭐였지요?"

"소민요."

"아. 맞다. 소민. 예쁜 이름이에요."

둘의 손에 쥐어진 커피는 이미 바닥을 드러냈다.

"현철 씨. 이제 저 가 봐야겠어요. 현철 씨도 병원에 들어가세요. 점심 시간 거의 끝나가요."

현철은 가운에서 휴대전화를 꺼내며 애린을 향해 말했다.

"애린 씨. 우리 사진 하나 찍을까요? 여기 온 기념으로 남기고 싶어서."

둘은 벤치에 앉은 채 나무를 배경으로 한 컷의 사진을 찍었다.

"사진 잘 나왔네요. 저한테 보내 주세요."

현철이 사진 전송을 마치자, 애린은 "아, 참. 깜빡할 뻔했어요. 저 현철 씨에게 줄 게 있어요."라고 말했다.

"뭔데요?"

현철과 애린은 자리에서 일어나 애린의 차가 주차된 곳으로 걸어갔다. 애린이 조수석 글러브 박스에서 정갈히 포장된 선물을 꺼냈다.

"책이에요."
"무슨 책인가요?"

"수필집이에요. 저도 아직 다 읽진 않았지만, 읽을수록 현철 씨가 생각나서 하나 더 샀어요."
"고마워요. 꼭 읽어 볼게요."

"바쁘시면 읽지 않으셔도 돼요. 그냥 자리에 꽂아만 두셔도 돼요."
"꼭 읽어 볼게요. 그래야 제가 애린 씨와 더 깊은 대화를 나눌 수 있을 거 같아요."

애린은 현철의 대답에 밝은 미소를 보였다.

"이제 저 가 볼게요. 우리 여기서 헤어져요. 현철 씨도 바쁘실 텐데 어서 들어가 보셔요."

주애린. 그녀는 대학에서 서양미술을 강의하는 젊은 시간 강사다. 교통사고로 인해 팔을 다친 후, 현철에게 응급 치료를 받았던 것이 인연이 되어, 이제는 스스럼없이 만나는 친구 사이가 되었다. 서로 알고 지낸 지 2년이 넘어가지만, 육체적인 관계는 맺지 않았다. 현철은 애린에게 한 번도 신체접촉을 시도하지도, 요구하지도 않았고, 애린 역시 그런 것을 요구하지 않았다. 둘은 그저 만나서 커피를 마시고, 영화를 보고, 이런저런 대화를 나누는 그런 사이였다.

병원으로 돌아간 현철은 애린이 준 선물을 그대로 서랍에 넣었다. 휴대전화를 열어 애린과 찍은 사진을 자신의 이메일로 보냈다. 현철의 휴대전화에 애린은 '주치의'라고 저장되어 있다. 이후 휴대전화에서 함께 찍은 사진을 삭제했다. 애린에게 보낸 전송 기록까지 모두.

****** * ******

매주 금요일, 소민과 선은 수학올림피아드 준비 학원에 간다. 그곳에 민영도 있다. 같은 두 곳의 학원에 다니면서, 셋은 급속도로 친해졌다. 어느 날 학원에서 소민이 선 모르게 민영을 불러냈다.

"왜, 소민아?"
"이거 받아."

소민은 가방에서 바나나 우유를 꺼내 민영에게 건넸다. 바나나 우유를 보자마자 민영이 밝게 웃으며 말했다.

"고마워. 나에 대해서 잘 아네."
"당연하지. 너의 시그니처 메뉴인데. 너 항상 바나나 우유를 물고 살잖아. 참, 민영아, 시험 준비는 잘돼 가?"

"응. 그럭저럭. 너는?"
"새삼스럽게 무슨 그런 질문을 해. 내 실력 알면서."

"네가 어때서?"
"난 입상하지 못할 거야."

"아니야. 너도 할 수 있어." 민영은 소민에게 격려의 말을 건넸다.
"나 기분 맞춰 주려고 그런 말 안 해도 돼. 그런데 네 말을 들으니 기분이 좋아진다."

"많이 힘들어?"
"공부할수록 느껴. 내 머리는 확실히 수학 쪽은 아니라는 걸."

소민의 말에, 민영은 안쓰러운 표정을 지으며, "힘들면 굳이 안 해도 돼."라고 말했다.

그때 마침, 선이 둘에게 다가왔다.

"너희 뭐지, 나만 빼고?" 선이 민영과 소민을 번갈아 보며 말했다.
"답답해서 잠깐 바람 쐬러 나온 거야. 우리 시험 얘기하고 있었어." 민영이 선에게 말했다.

수학올림피아드 대회가 1개월밖에 남지 않았다.

"이거. 너도 마셔."

소민이 가방에서 바나나 우유를 꺼내 선에게도 건넸다.

"난 바나나 우유 너무 달아서 안 좋아해. 민영이 너나 마셔." 선은 소민이 건넨 것을 다시 민영에게 주었다.
"우리 셋 정말 힘든 생활을 하는 것 같아. 우리에겐 시험, 시험, 시험. 이것밖에 없어." 민영이 소민과 선을 보며 말했다.

소민이 민영에게 물었다. "너도 힘들어? 너는 하나도 안 힘들어 보이는데. 그래도 우리 중에 네가 제일 낫잖아. 가능성도 가장 크고."

"내가 원해서 하는 거 아니야. 엄마가 원해서 하는 거지."

"나도 그래." 소민이 맞장구를 쳤다.
"난 그런 건 없어. 단지 내가 잘하고 싶은데 안 되는 게 답답해." 선이
말했다.

"너희 엄마가 수학 시험에 무슨 원한이 있니?" 선이 민영에게 물었다.
"그건 아니야. 엄마가 많이 우울해서 엄마가 조금이라도 기뻐하는 걸
해드리고 싶어서 그래. 그게 뭐라도."라고 민영이 답했다.

"엄마는 엄마고, 너는 너야. 네가 엄마의 인생을 대신 사는 거 아니잖
아." 소민이 민영에게 말했다.
민영은 소민의 말에 대답을 잇지 못하다가, "우리 셋 어디 여행 갈까?
기분 전환할 겸?"이라고 물으며 소민과 선을 쳐다보았다.

"어디로?" 소민과 선이 물었다.
"가장 먼 곳으로…."

"예를 들면…?"
"부산?"

민영의 제안에, 소민과 선의 눈이 동그래졌다.

"부…. 부산?"
"언제?"

"지금 당장. 너희 돈 얼마나 가지고 있어?"

셋이 돈을 합치자 50만 원 정도가 모였다.

"나 너무 떨려. 우리 오늘 정말 부산 가는 거야?" 소민이 민영과 선을
보며 물었다.
"깜짝 여행은 가 보고 싶긴 했지만, 부산은 너무 멀어. 어른들 모르게
우리끼리만 가는 거 위험하지 않을까?" 선이 걱정하는 투로 말했다.

"별일 없을 거야." 소민이 선을 안심시켰다.
민영은 소민과 선을 향해 "넌 오늘 선의 집에서 하룻밤 잔다고 엄마한
테 얘기하는 거야. 선, 너는 너희 엄마한테 소민이네 집에서 하룻밤 잔다
고 하는 거고."라고 말했다.

"이게 통할까?" 소민이 물었다.
"엄마들끼리 연락처 교환 안 되어 있잖아. 한번 해 보는 거지. 민영이

넌 어떻게 알리바이 만들건데?"

"나도 친구 한 명을 팔아야지. 비슷한 수법으로….'

셋은 수서 SRT 역으로 갔다.

"부산까지 역이 듬성듬성하게 있는 줄은 정말 몰랐어. 두 시간 반이면
가잖아?"
"뭐야? 너도 부산은 처음 가는 거야?" 소민이 민영에게 물었다.

"어. 나도 실은 처음이야. 부산 가는 거."

* * * * * *　*　* * * * * *

현철로부터 문자가 왔다.

『오늘 외식할까?』

문자를 확인한 지수는 곧바로 답장했다.

『좋지』

『소민이도 부르자. 오랜만에 가족 외식하자고』

『소민이는 오늘 친구 집에서 잔대』
『아, 그래? 친구 누구?』

『선이네』
『그럼 우리 둘만 가야겠군. 좀 멀리 가 볼까?』

『어디로? 뭐 먹어?』
『바닷가재 어때? 강릉에서』

현철은 곧바로 지수의 회사로 갔다. 지수는 업무를 대충 마무리하고 현철과 함께 강릉을 향해 출발했다.

시원하게 뚫린 영동고속도로 위를 달리며, 행복감을 느꼈다. 소녀 그룹의 경쾌한 댄스곡도 둘의 흥을 한껏 돋웠다. 날은 점점 어두워졌지만, 지수는 오버헤드 콘솔에서 선글라스를 꺼내 썼다.

"무슨 오버야. 해 다 떨어지고 있구먼."
"안 쓰면 똥 된다. 당신 이 선글라스 몇 번이나 썼어? 지금 안 쓰면 언제 쓰는데?"

"알겠다, 알겠어. 내가 무슨 말을 못 하게 해."

"참. 강릉은 커피 거리가 유명하다던데. 어디더라….."

지수는 핸드폰을 들고 무언가를 검색하기 시작했다.

"찾았다. 안목해변. 여보. 호텔 가기 전에 여기부터 들를까? 강릉 인증 제대로 해야지, 안 그래?"

"귀찮게 무슨 커피 거리야. 다 거기서 거기겠지. 관광지 상술 아냐?"

"안목해변에서 경포대는 6킬로밖에 안 돼. 어서 경로 바꿔."

현철이 세팅된 내비게이션 경로를 수정하지 않자, 지수가 화면 버튼을 이리저리 누르며 목적지를 다시 설정했다.

현철은 맘대로 목적지를 바꾸는 지수의 행동에 기분이 언짢았다. 지수는 현철의 미묘한 심경 변화를 잡아내며 말했다.

"그냥 경포대나 가. 안목이나 경포대나 다 비슷비슷해. 경포대에도 카페는 쌔고 쌨어."

현철은 목적지를 다시 처음으로 되돌렸다.

"멀리까지 왔는데, 볼 건 다 봐야지. 왜 그래, 속 좁게."

현철은 왜 항상 지수와 대화를 시작하게 되면 어떤 포인트에서 서로 티격태격하게 되는지 이해할 수 없었다. 자신의 무심함 때문인지, 아니면 지수의 일방적인 태도 때문인지.

'애린과 대화할 때는 서로를 존중하는 게 습관이 되어 있는데, 지수와의 대화에서 나의 태도는 왜 달라지는 것일까?'

둘은 경포대가 한눈에 보이는 식당에서 식사를 마치고 커피를 즐기고 있다. 출렁이는 파도 소리가 이따금 들려왔다.

"분위기 좋네. 갑자기 강릉은 어떻게 생각해 낸 거야?" 지수가 현철에게 물었다.
"밤바다가 보고 싶어서. 쉬고 싶기도 하고."

"병원 일은 할 만해? 요즘에도 응급 환자 많아?"
"응. 많지. 과다 출혈 환자도, 죽는 사람도."

"사람 죽는 얘기는 하지 말자."
"그것도 삶의 일부야. 죽음을 이야기해야, 살아갈 얘기를 제대로 할 수 있게 돼."

"아이러니하군."
"당신은? 회사 일은 할 만해? 누가 괴롭히는 사람은 없어?"

"하하하. 날 누가 괴롭혀."
"회사 일이 다 잘 풀려?"

"뭐⋯. 그런 건 아니지만, 회사 일은 할 만하지. 나야 결재만 하면 되니
까. 유능한 직원들이 쓰는 보고서를 검토만 하면 돼."
"정말 좋네. 당신은 사내대장부 같아. 참 씩씩해. 결혼 초기에는 쉴 새
없이 바쁘다고 한탄을 하더니."

"이 자리까지 오는 게 어려웠지, 지금은 괜찮아. 함께 일하는 직원들도
정말 열심히 하고. 지금 있는 직원들 다 내가 직접 뽑은 거야. 아주 유능
한 사람들로만."
"최강의 팀을 구성했나 보군."

"거기에 격한 훈련으로 단련시켰지."
"당신 혹시 악덕 상사 아니야? 회사에서 늙은이 소리 듣는 거 아니지?"

"요즘 누가 꼰대짓 해? 난 직원들에게 존댓말만 써. 존중의 의미를 담아."

"그럼 내게도 그 존댓말 가능해?"

"뭐라는 거야. 당신이 회사 사람이야?"

"당신이 내게 존댓말 쓰면 나도 당신에게 존댓말 쓸게."

"어우, 싫어. 그냥 하던 대로 해. 어색하게 무슨 상호 존대야. 무슨 드라마 부부처럼."

둘은 자리를 옮겨 모래 위를 걸었다. 지수가 현철에게 물었다.

"당신 레지던트 때 생각나? 하루하루가 지옥 같다고 얘기한 거. 그때와 비교해서 지금 아주 수월해진 거야?"

"나도 모르게 삶의 일부가 되어 버리니까, 이제는 아무렇지도 않아. 응급 상황도…."

"당신, 그 얘기 나 말고 다른 사람한테는 절대 하지 마. 이상하게 보여."

"알았어. 당신은…. 회사에서 재미난 일 없어?"

"나야 늘 똑같지 뭐. 당신은? 요즘 당신의 관심사는 뭐야?"

"나의 관심사라…. 아, 하나 있다. 영입하고 싶은 교수 한 명이 있어."

"누군데?"
"대학 친구. 그 친구는 마취학 전문이야."

"마취 의사는 왜?"
"일하던 마취 의사가 의료사고로 병원을 그만둘 예정이거든. 수술 중에 판단 실수로 환자가 깨어나질 못했지. 그래서 그 빈자리에 그 친구를 추천했어. 단지 친구라는 이유로 추천한 건 아니고, 아주 유능한 인물이라서 추천했어. 경력 면에서나 평판 면에서."

"병원에서 그 사람 채용하는 건 허락했어? 당신이 추천한다고 채용되는 게 아니잖아. 조직에는 다 절차라는 게 있는 거고. 면접도 있고, 경력 검증도 해야 하고."
"병원은 날 믿고 채용하는 거지. 이 바닥은 그래. 병원은 회사가 아니거든. 암튼, 그 친구만 좋다고 하면 되는 상황이야. 그런데, 쉽게 답을 안 주네."

"뭐가 문젠데? 혹시 연봉?"
"그건 아닌 거 같아."

"아, 참. 나도 회사에서 특이한 일이 하나 있다." 지수가 현철에게 말했다.
"뭔데?"

"고등학교 때 알게 된 친구가, 우리 회사에 입사했더라고."
"고등학교 때 친구? 학교 동창?"

"아니. 동창은 아니고, 어쩌다 알게 된 친구."
"여자?"

"아니, 남자."
"어떻게 알게 된 친군데?"

"강민재라고."
"아. 그 친구. 기억난다. 당신 편지함에 있던 편지 친구?"

"기억력 좋네."
"당신과 동갑이라면, 나이가 마흔셋인데. 회사에 들어왔다고? 경력직 으로?"

"계약직. 전산 서비스 담당으로."
"뭐, 계약직? 그 나이에 계약직이라고?"

"계약직이면 어떤데? 능력만 있으면 어디라도 갈 수 있는 거야. 정규직이든 계약직이든."

"무시하려고 그런 건 아니야. 근데, 그 나이에 계약직이면 좀 불안하지 않아? 이 삼십 대라면 모를까."

"신경 쓰지 마. 알아서 잘하겠지. 남의 일에 신경은." 이어 지수가 말했다.

"아 참. 또 하나 있다. 나 헤드헌터한테서 연락받았어. 임원 자리 추천한다고. 이런 건 처음 있는 일이야. 내 번호는 어떻게 알았대? 내가 업계에서 유명한가?"

"유명하긴. 어디선가 개인정보가 털린 거겠지. 그리고, 말이 임원이지 그거 좋은 자리 맞아? 일이 년 쓰다가 버림받는 자리 아니야? 회사 임원이라는 거. 허울만 좋고."

"그 자리 자체는 나쁜 자린 아니야. 경쟁 회사 영업 총괄 자리고, 어느 정도의 퍼포먼스는 보장되어 있으니까. 경쟁사가 우리나라 시장 점유율 1위거든."

"당신 거기로 갈 생각이 있어?"

"아니. 내가 이 회사에서 일한 게 몇 년이고 만들어 놓은 인맥이 얼마인데 그만두고 거기에 가. 그곳에 갈 이유는 없지."

연락처

셋이 부산에 도착하자마자 가장 먼저 간 곳은 해운대. 셋은 모두 맨발로 해운대 모래를 걸었다.

"이런 느낌이구나." 소민이 말했다.
"처음이니? 맨발로 걷는 거?" 민영이 소민에게 물었다.

"아니." 소민에 대답에 선이 물었다.
"처음이라며?"

"난 맨발로 걷는 느낌을 말한 게 아니야."
"그럼 뭐가 처음인데?" 민영의 물음에 소민은 "자유."라고 답했다. 이어, "고마워. 우리에게 자유를 선물해 줘서."라고 말했다.

"우리 배고프지 않아?"
"배고파. 뭐 먹으러 가자."

"뭐 먹지?"

"부산에 돼지국밥과 밀면이 유명하다고 하는데, 둘 중 하나를 먹자."

"둘 다 먹자."

"두 메뉴를 다 파는 곳을 한번 검색해 볼게."

셋이 저녁을 다 먹어 갈 즘, 선이 소민에게 말했다.

"잠깐 나 좀 봐."

식당 안에 민영을 남겨둔 채, 둘은 잠시 밖으로 나왔다. 선이 소민에게
물었다.

"이제 우리 어떻게 할까? 정말 부산에서 일박 하는 거야?"

"그러려고 온 거 아니었어?"

"아니. 나 아직 엄마에게 얘기도 못 했어."

"뭐가 걱정인데?"

"민영이. 재랑 계속 다니는 거 부담스러워. 우리가 언제부터 재랑 친했
다고…."

"그럼 넌 올라가."

"그럼 넌?"

"난 내일 갈 거야. 이미 엄마한테도 그렇게 말했단 말이야. 설마 무슨 일 생기겠어?"

"알았어. 난 서울로 갈게."

소민은 민영에게 선이 다시 서울로 가야 하는 이유를 대충 둘러댔다.

소민과 민영은 부산역에서 선과 헤어졌다. 민영은 이것이 차라리 잘되었다고 생각했다. 불편한 마음은 진심을 감춘다고 생각했기 때문이다.

민영은 소민에게 "넌 왜 안 갔어?"라고 물었다.

"부모님이 없는 낯선 곳에서 하루 정도는 보내고 싶어서. 설마 네가 이상하게 변하는 건 아니겠지?"

"무슨 말도 안 되는 소릴. 날 어떻게 보고."

"농담이야, 농담."

"엄마가 걱정은 하겠지만⋯. 하루 정도는 일탈해도 괜찮겠지. 딱 오늘

하루만이라도."

"당연하지. 우리에게는 하고 싶은 것을 할 자유가 있어."

"넌 무엇을 하고 싶은데?"

"내가 하고 싶은 거?"

민영의 물음에, 소민은 선뜻 답을 하기 어려웠다. 지수는 항상 소민에게 해야 할 일을 알려 주었기 때문에, 소민 스스로 무엇을 하고 싶은지 생각할 겨를이 없었다. 그래서 같은 질문을 민영에게 하였다.

"난 잘 모르겠어. 너는? 넌 무엇을 하고 싶었어?"

소민의 물음에 민영은 "독립."이라 답했다. 이에 소민이 되물었다.

"무엇으로부터?"

"뭐든지. 경제적이든, 생활이든, 사상이든."

"그건 결국 네가 하고 싶은 대로 살고 싶다는 말이잖아. 무엇을 하고 싶은지 물어봤는데, 하고 싶은 걸 하고 싶다는 대답이잖아. 순환 논증의 오류가 되어 버리네…."

"그렇게 되는 건가?"

"네 대답에서도 느껴지는 게…. 우리에겐 우리 생각이 없다는 거야. 그냥 막연하게 하고 싶은 것을 하고 싶다는 생각 외에는."

"언젠가 찾게 되겠지? 내가 무엇을 하고 싶은지, 어떤 사람이 되어야 하는지."

"넌 이미 너야. 난 이미 나고."

"너에게 뭐든지 한 가지 소원을 이뤄 줄 수 있는 요술 램프가 있다고 가정해 보자. 넌 무엇을 빌 거야?"

"수학올림피아드 대회에서 입상하는 거."

"겨우 빌 소원이 그거야?"

"그게 어때서? 그것도 내겐 정말 큰 소원인데."

"그건 너의 노력 여하에 따라 달성할 수 있는 거잖아."

"엄청난 소원을 빌어서 우주를 변화시키고 싶진 않아. 세상은 순리대로 돌아가도록 놔두고 싶어."

"네 소원이 이뤄지기를 기도할게."

"넌 소원이 뭔데?"

"아빠와 엄마가 대화하는 거, 서로를 보며 웃으면서. 그리고 세 명이 함께 정답게 밥을 먹는 거. 메뉴는 상관없고."

"네 소원이야말로 정말 소소한데? 최근에 부모님께서 다투셨니?"
"오래됐어. 두 분이 대화하지 않으신 지. 아니, 눈도 안 마주친 지."

"계기가 있었어? 사이가 안 좋아진."
"잘 모르겠어. 두 분이 처음부터 좋아는 하셨던 건지⋯."

"어른들의 일은 이해하기 어려워. 사랑해서 결혼했지만, 이혼하기도
하고. 사랑하지 않아도 결혼하기도 하고. 심지어는 사랑해서 헤어지기
도 하고."
"엄마는 내가 아빠의 역할을 대신하기 바라는 것 같기도 해. 요즘 더
강하게 느껴."

"어떻게 네가 아빠를 대신해?"
"대화 상대. 아니, 그 이상으로 마음의 안식을 주는 상대."

"힘들겠다. 누군가를 완벽히 만족시킬 수는 없어. 아무리 가족이라도."
"네 말이 맞아. 엄마에게 쉴 곳이 필요한데, 아빠가 그것을 전혀 이해
하지 못하는 것 같아서 정말 답답해."

해운대의 해는 이미 졌고, 가을 바닷바람에 소민이 몸을 잔뜩 움츠렸다.

"나 좀 추워. 우리 쉴 곳으로 갈까? 따뜻한 곳으로…."

둘은 부산역 인근의 호텔로 갔다. 호텔 안내대 앞에 선 민영과 소민. 데스크 직원이 둘을 이상하게 쳐다보았다. 어느 누가 봐도 그 상황이 자연스러울 리 없다. 교복을 입은 중학생 남녀가 호텔 데스크 앞에 서서 빈 객실이 있냐고 물어보는 상황이.

민영이 이 난감한 상황을 임기응변으로 빠르게 수습했다.

"저희 그런 거 절대 아녜요. 부산에서 수학 경시 대회 치르러 서울서 내려온 거예요. 객실 두 개 체크인할게요."

민영은 프린트된 경시 대회 일정표를 데스크 직원 앞에 내밀었다.

데스크 직원은 그제야 의심의 눈초리를 멈추고 체크인을 진행했다.

엘리베이터에 탄 소민이 민영에게 물었다.

"일정표 준비할 생각을 어떻게 했어. 나 방금 소름 돋았어."

"이렇게 완전범죄가 완성되는 건가?"

민영의 말에 소민이 손뼉 치며 웃었다. 민영은 밝게 웃는 소민을 보며 따라 웃었다.

"오빠 믿지?"

민영의 말에 소민이 배를 움켜잡고 웃었다.

"선이 먼저 보내길 잘했네. 세 명이 호텔 데스크 앞에 있었으면 직원이 무슨 상상을 했을까 생각하니 너무 웃겨."

****** * ******

강릉 피닉스 호텔에서 현철과 시간을 보내던 지수에게 문자가 왔다. 같은 팀 이명섭 과장이다.

"회사에서 당신을 괴롭히는 사람이 있는 모양이군."
"보고서 결재를 해 달라는 거야."

"이렇게 늦은 시간에 보고서를 올리고 결재를 해 달라고?"

"당신이 회사 일을 알아? 급하니까 올렸겠지. 잠깐 기다려봐."

지수는 거실에서 일어나 방으로 갔다. 지수는 노트북을 꺼내 회사 ERP 시스템에 로그인했다. 결재 문서를 모두 체크하고 일괄 결재 버튼을 눌렀다. 팀 내 에이스인 이명섭 과장이 올린 보고서였으므로, 지수는 내용을 확인하지 않았다.

사내 메신저에 들어와서 이 과장에게 모두 결재를 완료했다고 회신했다. 로그아웃하려던 순간, 메신저를 통해 익숙한 사람이 지수에게 대화를 청해왔다.

『아직 퇴근하지 않은 거야?』

민재였다.

『잠깐 볼일이 있어서, 로그인했어. 너는? 지금까지 일하고 있었던 거야?』
『응. 별일 아니야!』

『난 강릉에 왔어. 모처럼 남편하고』
『정말? 나도 강릉인데. 나도 원격 근무 중이었거든. 강릉 여행하면서』

『신기하네. 강릉 어딘데?』

『에스턴 호텔』

『우리 근방이네. 난 피닉스 호텔이야』

『정말? 우리 잠깐 만날까?』

『안 돼. 아까 말했잖아, 남편하고 왔다고. 남편에게 괜한 오해 사는 거 싫어』

『그럼 밤늦게 보는 건 어때? 남편 잘 때』

『그럴까?』

　지수는 민재와 메시지 교환을 마치고, 현철이 있는 거실로 갔다. 마침 현철도 핸드폰을 들여다보며, 누군가와 문자 교환을 하고 있었다. 현철은 다가오는 지수를 향해 물었다.

"일은 다 마친 거야?"

"응. 당신도 병원에 일이 있어?"

"별거 아니야. 투약 지시. 늘 하는 거."

현철은 휴대전화를 소파 위로 던지고는 바닥에 놓인 리모컨으로 TV를 켰다. "뭐 재밌는 거 안 하나?"

지수는 현철에게서 리모컨을 뺏더니, TV를 껐다.

"왜 그래?" 현철이 의아해하며 물었다.
"나랑 얘기 좀 해."

"무슨 얘기? 지금까지 우리 얘기했잖아."
"누구야?"

"갑자기 무슨 소리야 누구라니?"
"알았어. 그 질문은 좀 이따가 하고. 다른 걸 물어보지. 오늘 갑자기 강릉에 온 거…. 왜 그런 거야? 정말 동해가 보고 싶어서 그런 거야?"

"당신하고 제대로 된 여행 한번 와 본 적 없잖아. 난 주말에도 수시로 병원에 가고. 이렇게라도 오지 않으면 안 될 것 같아서 그런 거야."
"내 친구 조선희 알지?"

"알지. 당신 고등학교 때 친구잖아."
"걔가 최근에 당신을 봤대."

"날? 어디서? 우리 병원에 온 적이 있었나? 나한테 얘길 하지."
"아니. 영화관에서 당신을 봤대."

"영화관?"
"웅. 당신 옆에 젊은 여자도 봤대. 난 최근에 당신과 영화를 본 적이 없어. 난 젊지도 않고. 그 여자 누구야?"

"환자야. 내가 예전에 돌봤던 환자."
"환자랑 왜 영화를 봐? 당신 혹시 나 몰래 여자 만나는 거야?"

"아니야. 그런 거 절대 아니야. 영화관에서 만난 건 사실인데, 둘이 영화를 보진 않았어. 우연히 만난 거야. 정말 우연히. 반가워서 잠시 벤치에 앉아서 커피를 마셨어."
"그럼 당신은 왜 그 시간에 어떻게 영화관을 가게 된 거지?" 지수의 취조는 계속되었다.

"알잖아. 나 영화 좋아하는 거. 잠시 머리 식힐 겸 영화관에 갔었어. 그 환자는 마침 영화를 다 보고 나가는 상황이었고, 난 영화를 기다리고 있었던 거고."
"정말이야?"

"그래. 내가 왜 거짓말을 하겠어. 그리고, 병원 근처에 아는 사람들이 얼마나 많이 다니는데 내가 대낮에 여자와 영화를 보러 가겠어. 안 그래?"

"핸드폰 줘 봐."

"날 못 믿는 거야?"

"일단 줘 봐. 락 풀어서."

현철은 지수에게 핸드폰을 건넸다. 지수는 현철의 메시지 함, 채팅 기록, 통화내용, 사진첩을 빠짐없이 훑어봤다. 그러나 외도를 특정할 만한 어떠한 단서로 나오지 않았다. 지수는 핸드폰을 다시 현철에게 건넸다.

"날 이상하게 생각하지 마."

"아니야. 난 당신을 이해해. 충분히 오해할 수 있는 상황이야."

"나한텐 당신밖에 없단 말이야. 내가 이러는 거, 당신이 내 인생에서 가장 중요한 사람이라서 그러는 거야."

"내가 그동안 당신에게 신뢰를 주지 못했던 것 같네. 미안해. 앞으로는 우연이라도 당신이 오해할만한 행동은 절대 하지 않을게."

"고마워."

지수는 현철에게 고마운 마음이 들었는지 아니면 미안한 생각이 들었는지, 현철에게 다가가 포옹을 했다. 현철은 지수의 입술에 가볍게 키스를 했다. 그리고 나지막하게 속삭였다.

"여기 오길 잘했네. 내겐 당신밖에 없어. 사랑해."
"나도."

둘은 한동안 와인을 마셨다. 몇 병의 와인을 모두 비우자, 소주와 맥주도 마셨다.

"먼저 씻어."

현철이 씻고 있는 사이, 지수에게 문자가 왔다.

『엄마, 나 저녁 먹고 선이랑 공부하고 있어. 혹시 걱정할까 봐』
『대견하네, 우리 딸. 내일 몇 시에 올 거야?』

『점심때쯤?』
『그래. 선이네 집에 너무 오래 있지 마. 민폐야』

현철이 나오자, 지수도 씻었다. 둘은 조명을 모두 끄고, 방 안에 들어가 침대 위 서로를 포개며, 강릉의 아득한 밤을 맞이했다. 일을 마친 현철은 피곤함에 그대로 잠이 들어 버렸다. 지수는 조용히 일어나, 거실로 갔다.

『자니?』

민재에게 문자를 보냈다. 얼마 되지 않아, 회신이 왔다.

『아니, 아직. 지금 볼까?』
『어디서?』

『근처에 24시간 운영하는 카페가 있어. 위치를 보낼게. 거기서 보자』
『나 술 마셨어. 운전 못 해』

『가까워. 걸어갈 수 있는 곳이야』

민재는 먼저 카페에 도착해 지수를 기다렸다. 얼마 되지 않아, 지수도 도착했다.

"어떻게 이런 우연이 있을 수 있지? 강릉엔 어떻게 온 거야?" 지수가 민재에게 물었다.

"난 동해를 좋아해. 이곳 호텔에서는 바다 전망이 정말 환상적이지. 그래서 가끔 이곳에 와."

"넌 아직 싱글이라서, 여행 다니는 데에는 지장이 없겠다. 원하면 언제든 어디든 갈 수 있고."
"여행을 하도 자주 다녀서, 돈을 제대로 못 모았어."

"국내? 해외?"
"둘 다."

"혼자서?"
"응."

"왜 그렇게 여행을 많이 다녔는데?"
"잊으려고. 새로운 것을 보면, 과거의 기억을 지울 수 있을까 해서."

"지우고 싶은 과거가 있니? 무슨 슬픈 일이라도 당했던 거야?"
"차라리 그랬으면 좋았겠어."

"내가 술을 마셔서 그런가? 네가 무슨 말을 하는지 잘 이해가 안 되네."
"모든 만남은 우연을 가장한 필연이래. 오늘 우리가 우연히 만난 것도 그렇고. 만나야 할 이유가 있어서 만난 거지."

"우연히라도 만나고 싶은 사람이 누군데? 그 사람이 난 아닌 것 같고."
"한동안 잊고 살았어. 근데 너를 만나고 나서, 재은이를 다시 만날 수도 있겠다는 생각이 들어. 내가 널 우연히 만났던 것처럼."

"설마 너 재은이 때문에 아직 일부러 독신으로 지내온 건 아니지?"

지수의 물음에 민재는 대답하지 않았다.

"정말이야? 재은이가 네게 도대체 뭐라고….."
"재은이 때문에 지금까지 마음이 몹시 불편해. 걔가 매우 아팠었는데, 지금은 건강해졌는지도 궁금하고."

"재은이가 몸이 안 좋았었나?"
"응. 안 좋았어. 매달 신장투석을 받았었어. 투석일이 가까워지는 날이면, 얼굴이 점점 보랏빛으로 변했었지."

"멀리 강릉에까지 와서, 재은이 얘기 꼭 해야 해? 나 좀 불쾌한데….."
"미안해."

"내가 너와 어떻게 멀어졌는지 알잖아. 물론, 우리 사이에 재은이 없었더라도 우리가 결혼까지 했을지는 모르겠지만."

"나 아직도 가지고 있어."

"뭘?"

"네가 내게 준 편지들. 사실은 하나도 안 버렸어."

"그럴 거 같았어. 네 성격에."

"아직도 재은이 소식은 없는 거지?"

"재은이 소식이 왜 궁금한데? 그냥 궁금하다는 말은 말고. 내가 이해될 수 있게 말해 봐."

"고3 때 내가 재은의 집에 전화를 건 적이 있었어. 수능이 막 끝나고, 마지막 겨울 방학이 시작되기 전이었지. 그때 재은의 엄마가 전화를 받으셨지. 나는 재은의 엄마에게 정중하게 인사를 드렸어. 그런데 아주머니의 말투는 좀…. 날카롭고 불친절했어."

"어떻게 불친절했는데?"

"아픈 재은이와 가까이 지내지 말라는 거야. 재은이가 아픈 건 알고 있었지만, 아프다는 이유로 걔와 헤어져야겠다고 생각하진 않았었어."

"난 재은 엄마가 왜 그런 말을 했었는지 알 것도 같은데."

"당시 고3이었던 난 아주머니의 그 말을 이해하지 못했어."

"엄마 처지에서 생각해 보면, 아픈 딸을 끝까지 돌보지 못한 거면 언젠가 헤어지게 될 것이고, 그게 재은에게 상처가 될 것이기 때문에 그렇게 혹독하게 말한 게 아닐까."

"나도 그렇게 생각해."

"그 이후로 어떻게 했는데? 너는 재은이 엄마 말대로 헤어진 거야?"

"나 말고도 재은이를 좋아했던 남자들이 있었어." 민재는 지수의 물음에 즉답을 피하고 다른 말을 했다.

"정말? 그건 몰랐어."

"나와 같은 반 친구 중에 몇 명이 그랬었지. 재은이가 참 예뻤으니까."

"그럼 걔네들도 재은이가 당시 건강하지 않았던 것도 알고 있었을까?"

"아니. 재은이가 그것까지 그 친구들에게 얘기하진 않았을 것 같아. 투석을 받는다는 얘기는 내게만 했었던 것 같아."

"네가 그걸 어떻게 알아?"

"그건 확실해. 재은이를 만났던 친구 중에 누구도 재은이의 건강을 걱정하는 친구들이 없었거든."

"다시 물을게. 넌 언제 재은이와 헤어진 거지?"
"난 재은에게 묻고 싶어. 그 애의 마음속에 처음부터 내가 있었는지를."

"그 질문을 재은에게 직접 물어봤어?"
"아니. 내가 재은에게 몹시 실수한 게 있었어. 고3 겨울 방학이 시작될 무렵, 친한 친구 한 명에게 재은이 때문에 몹시 힘들다고 말한 적이 있었어. 재은이는 예쁘고 사람을 홀리는 마성을 지녔고, 나는 걔의 노리개 중 하나일지 모른다고 말했었어. 걔 만나는 남자들의 마음을 흔들어 놓고, 어장을 관리하는 것 같다고."

"네가 한 말을 재은이가 들었니?"
"맞아. 재은이는 날 노리개처럼 가지고 노는 것 같다는 그 표현이 고스란히 재은이에게 전해졌어."

"저런…. 넌 재은이를 얼마나 좋아했던 거야?"
"너무 좋아했어. 내 목숨보다 더."

"넌 처음에 어떻게 재은이에게 네 마음을 표현했어? 적어도 걔는 네가 자기를 좋아했다는 것을 느꼈을 거 아니야?"

"난 매일 재은이에게 음성 메시지를 남겼어. 내가 좋아하는 음악을 녹음했고, 음악이 끝난 후엔 내 음성 메시지를 남겼어. 재은이도 내게 음악과 음성 메시지를 남겼었지."

"네가 날 멀리했던 이유가 있었구나. 네가 재은이에게 푹 빠져서, 내가 쓴 편지는 네 눈에 들어오지도 않았을 것 같네."
"미안해. 그땐 재은이가 내 전부였거든."

"계속 얘기해 봐."
"난 재은이와 주말마다 만났고, 우리는 정말 많은 주제로 대화를 나눴어. 집에 오면, 재은이가 했던 모든 말들을 반추하고, 어떠한 의미를 부여하려고 했지. 길을 걷다가 흘러나오는 노래 가사를 생각하면 나와 재은이의 일같이 느껴졌어. 특히 사랑이 이루어지지 않는 슬픈 영화를 보면, 내 이야기를 보는 것 같았지."

"재은이와 어떻게 헤어졌는지 말해 봐."
"기억나니? 수능 끝나고, 시청에서 수험생을 격려하기 위한 행사를 만들었던 거?"

"기억하지. 그때 관내 고등학생들이 모두 문화예술회관에 모여서, 공연도 관람하고, 특강도 듣고 그랬던 것 같아."

"맞아. 난 그때 우연히라도 재은이를 만났으면 했어. 행사 끝나고 가장 일찍 나가서 나가는 학생들을 지켜봤지."

"그래서 재은이를 만났어?"
"응, 만났어."

"재은이와 무슨 말을 나눴어?"
"아까 했던 말. 그 말을 하더라고."

"뭐⋯. 노리개? 그 말?"
"응. 재은이의 입에서 내가 했던 말이 다시 들렸을 때, 난 가슴이 무너지는 것 같았어. 내 본심이 완전히 왜곡되어 재은이에게 상처를 준 것 같았거든."

"그 이후로 재은이를 다시 만난 적이 있어?"
"아니, 전혀. 아무리 수소문을 해 봐도 흔적조차 찾을 수 없었어."

"너는 왜 재은이를 만나려고 하는 건데? 20년도 지나서. 만약 재은이를 만난다면 무슨 말을 할 건데?"
"걔가 아직 살아 있다면, 살아 있는 것만으로도 감사할 것 같아. 그리고 걜 마주할 수 있다면, 마음에 상처를 줘서 미안하다는 말을 꼭 하고 싶어."

"그게 다야?"
"혹시나 걔가 나처럼 아직 혼자이면, 이제는 걔의 곁을 절대 떠나지 않을 거야."

민재의 대답에 지수가 말했다.

"난 지금까지 살면서 수십 개의 인생 챕터를 넘겼는데, 넌 아직 첫 챕터도 못 넘긴 것 같구나…."
"그게 무슨 말이야?"

지수는 대답 대신, 자신의 핸드폰을 열어 민재에게 보여 주었다.

"이게 뭐야?" 민재가 의아해하자, 지수는 말했다.
"저장해. 재은이 전화번호야."

"재은이 번호라고? 걔 소식을 확인한 거야?"
"나도 재은이와 통화를 한 건 아니야. 듣기로는 잘살고 있대. 결혼도 했고. 세월이 20년도 넘게 흘렀어. 네가 연락하면 반가워할 거야. 내가 그랬던 것처럼."

"정말 고마워. 어디 사는지도 알아?"

"청담동에 산다고 들었어. 매그니스 아파트. 알지? 거기 상당한 부촌인 거. 재은이는 아주 완벽히 잘살고 있어. 너완 달리⋯."

"나? 내가 어때서?"

"됐다. 너도 잘살지. 밤이 너무 늦었어. 벌써 새벽 네 시야. 너랑 얘기하니까 술이 완전히 깼네."

"피닉스 호텔이라고 했지? 내 차로 가자."

민재는 지수를 태우고 피닉스 호텔 로비에 내려줬다.

지수는 서둘러 객실로 들어갔다. 현철이 여전히 코를 골고 자고 있었다. 지수는 물 한 잔을 마신 후, 현철의 옆에 누웠다.

재회

지수네 회사의 재무팀장이 대표이사 사장에게 자금 조달 방안에 대해
보고했다. 보고 내용을 모두 들은 사장이 입을 열었다.

"만기가 돌아오는 단기회사채 기간 연장은 안 되나? 지금 은행 대출보
단 그게 더 나을 것 같은데…."
"주요 채권자들을 설득하고 있습니다."

"상황이 이 지경이 되도록 손 놓고 있었어? 일 처리가 왜 그래?"
"죄송합니다. 매티스가 워낙 공격적으로 초저가 마케팅을 하면서 당사
고객들이 크게 이탈했습니다. 우리도 판매가격 정책을 빨리 손봐야 하
는 데 영업팀이 잘 움직이질 않습니다. 호주법인과 미국법인을 설립한
후 기대했던 매출도 많이 부진했고요. 특정 팀을 깎아내리려고 하는 건
아닙니다만…."

"이렇게 답답할 수가! 얼른 박 전무 오라고 해!"

최태욱 사장의 호출에 영업 총괄을 맡은 박상준 전무가 허겁지겁 사장
실로 들어갔다.

＊＊＊＊＊＊　＊　＊＊＊＊＊＊

부산에서 일박(?)을 경험한 소민과 민영. 둘은 다시 일상으로 복귀해
치열한 학습 전쟁을 치르고 있다. 십 분 정도의 쉬는 시간을 이용해 둘이
1층 카페테리아에서 대화를 나눴다. 소민이 낮은 목소리로 민영에게 말
했다.

"학원 차리기 정말 쉬울 것 같아."
"왜?" 민영이 소민에게 물었다.

"학원 선생님들은 정답을 가르치니까, 찾지 않고."
"찾지 않고?"

"응. 이미 정답이 있는 문제를 우리에게 내주고, 우리에게 문제 풀이를
해 주잖아."
"그게 어때서?"

"그걸 실력이라고 할 수 있을까? 정답이 밝혀지지 않은 문제는 절대 우

리에게 내주질 않아. 왜냐면 그 문제를 스스로 풀 힘이 없을 테니까. 하지만 우리에겐 풀도록 강요를 하지. 우리가 못 풀어야 그분들이 일할 게 생기는 원리야."

"정말 그렇게 생각해? 그래도 이 분야에서 오래도록 강의를 한 전문가들일 텐데."

"내가 최근에 학원 선생님에게 어떤 문제를 들고 간 적이 있었어. 사실 난 그 문제의 정답을 알고 있었지. 선생님의 실력이 어느 정도인지 알아보려고 테스트한 거야."

"선생님은 문제를 푸셨어?"

"아니."

"그럼 틀렸어?"

"그것도 아니."

"그럼 뭐야?"

"선생님은 문제를 풀 시도조차 하지 않으셨어."

"정말? 왜 그러셨을까?"

"내가 그 문제를 풀 진도에 도달하지 않았기 때문이래. 넌 이해가 되니, 선생님의 이 변명이?"

"잘 모르겠어."

"선생님 본인이 문제를 못 풀 것 같으니까, 그렇게 변명한 것 같지 않니?"

"그럴 수도 있겠지. 근데, 정말 선생님 말씀대로, 아직 우리가 어떤 진도를 통달하지 못했기 때문에, 그 문제를 풀 시기가 아니라고 판단하신 것일 수도 있어. 그 사건만으로 학원을 판단하지는 말자. 선생님들은 우리가 과학고를 갈 수 있도록 최선을 다하시는 분들이잖아."

"넌 긍정적인 아이구나."

"나 때문에 네가 이 학원에 등록하게 되었는데, 요즘 네가 학원에 실망한 것 같네. 그래서, 학원을 그만두려고?"

"아니. 그만두진 않을 거야. 어차피 다른 학원들도 비슷할 것 같고."

"잘 생각했어. 사실 공부는 나 스스로 하는 거지. 선생님이 어떻든 간에 내가 열심히 한 만큼 얻어 가는 거니까."

"그건 인정. 복습은 잘돼가? 수업을 들은 땐 다 이해되는 것 같다가도, 돌아서면 기억이 잘 안 나고 헷갈려."

"난 밤 11시 수업 마치고 집에 가면, 그때 한두 시간 정도를 복습하는 데만 시간을 보내."

"도대체 잠은 몇 시에 자는 거야? 잠을 자기는 하는 거야?"
"두 시 정도. 넌 몇 시에 자는데?"

"난 씻고 바로 자. 복습할 시간이 어딨어? 그 늦은 시간에. 안 피곤해?"
"피곤하지. 눈이 튀어나올 정도로 피곤해. 근데, 그 시간에 엄마도 자지 않고 깨어 있어."

"정말? 설마 너 복습하는 거 감시하려고?"
"감시라고 하긴 좀…. 엄마의 관심이지."

"너희 엄마 정말 대단하다. 엄마는 그 시간까지 뭐 하시는데?"
"책을 읽으셔."

"아빠는?"
"주무시지. 다음 날 일찍 출근해야 하니까."

"갑자기 우리 엄마에게 고마워지네."
"엄마에게 내가 유일한 낙이라서, 난 엄마가 원하는 것만 하려고 노력하고 있어."

"참. 너희 아빠와 엄마가 사이가 별로 안 좋다고 했었지."

"예전에는 다투는 일이 자주 있었는데, 지금은 다투지도 않아. 서로에 게 말조차 건네지 않는 사이가 되었어. 차라리 두 분이 싸우더라도, 서로 대화를 했으면 좋겠어."

"두 분 사이가 왜 냉전인지 물어본 적이 없어?"
"물어봤지."

"그랬더니?"
"아빠는 엄마의 말투가 싫대. 항상 자기를 무시하는 듯한 말투래."

"너희 엄마는 아빠에 대해서 어떻게 생각하셔?"
"이기적인 사람이래. 자기 자신만 생각한다고. 두 분이 생일 때나 크리 스마스 때 선물을 준 마지막이 언제인지 난 기억도 안나. 함께 살고는 있 지만, 두 분 다 함께 살고 싶지 않은 것 같아."

"사실상 이혼을 한 거나 마찬가지네."
"난 그래도 두 분이 이혼하지 않으셨으면 좋겠어. 언젠가는 두 분이 서 로에게 화해하고 예전처럼 다시 친밀해지면 좋겠거든. 그런 날이 올까?"

소민은 민영의 질문에 대답하기 어려웠다.

"다음 주가 시험이네, 드디어 기다리던." 민영이 소민에게 수학올림피아드 일정을 상기시켰다.

****** * ******

'하위 직급에서 의원면직자가 이렇게나 많다니….'

지수는 전사공문을 훑어보다가, 최근 사원, 대리급 직원들의 퇴사가 급증한 것을 알게 되었다. 원가 절감을 호소하는 공문이 보였고, 자금난으로 인해 회사의 복리후생을 일시적으로 축소한다는 공문도 보였다.

'시장 상황이 좋아져야 할 텐데.'

지수의 이메일 함에는 판가를 낮춰 달라는 고객들의 요구가 줄을 이었다. 지수 회사의 제품이 시장가 대비 비싸다는 것이 그 이유다. 개중에는 거래를 끊고 싶다는 고객들도 있다.

'선급금 줄 테니 제발 제품을 먼저 달라고 아우성치던 고객들이었는데, 이젠 대놓고 비싸다고 하는군.'

같은 팀 이명섭 과장이 지수에게 왔다. 이 과장의 표정이 썩 좋지 않다.

"자금 수지 계획에 문제가 있다고 재무에게 한 소리 듣고 오는 길입니다. 내야 할 대금은 늘 부족한데, 판대 대금 회수는 항상 늦는다고."

"저도 알아요. 신규 고객을 폭넓게 확보한다는 명목으로 신인도 낮은 고객들 대상으로 판 것 때문에 그런 거잖아요. 박 전무님 지시로."

"팀장님께서 말리시지 그랬어요?" 이 과장이 볼멘소리로 말했다.

"일단 수금 독촉을 합시다. 정 안되면 고객이고 뭐고 체면 불고하고 소송이라도 해야죠, 연말 지나기 전까지."

****** * ******

민재는 《최신 해킹기술 동향 및 대처 방안 세미나》에 참석했다. 비용이 제법 들었지만, 전문지식을 높이기 위해 결제했다.

세미나는 토요일까지 포함된 2박 3일 일정이었다. 예상했던 대로, 국내외에서 제법 유명한 보안 전문가들이 세미나에 대거 참석했다. 비록 파견 계약직이긴 하나, 대기업 이름이 찍혀있는 명함을 위시해, 사람들과 소통하고 필요한 정보를 주고받았다.

연단에 서서 발표하는 전문가들을 보며 민재는 상상했다.

'나도 언젠가 저 위에서 프로페셔널하게 발표하는 날이 오면 좋겠다.'

세미나 두 번째 날, 다이닝 세션에서 혼자 저녁을 먹는 민재에게 한 외국인 남성이 다가와 명함을 내밀며 영어로 물었다.

"동석해도 될까요? 일행 없으시면….."
"그러시죠."

민재는 망설임 없는 유창한 영어로 화답했다. 민재는 평소 해외여행을 자주 다녔던 터라 영어 사용에 문제가 없었다.

그 남성의 이름은 메더쿠 바크라. 국적은 인도였다. 메더쿠는 민재에게 제안을 하나 했다. 인도에선 인터넷망이 설치되어 있지 않은 시골이 많은데, 은행과의 거리도 멀어 현금 거래조차 많이 불편하다고 이야기했다.

메더쿠의 제안은, 그곳 사람들의 금융 편의를 높이는 사업을 함께할 의향이 있느냐는 것이다. 국제전화카드의 포인트를 현금으로 대체하여 거래하는 방식인데, 그가 민재에게 기대하는 것은 취약한 국제전화카드 보안을 강화하는 솔루션이다. 조만간 센터에서 사용할 앱 소스 코드를 민재에게 보내겠다고 했다.

메더쿠의 제안은 손해 볼 게 없어 보였다. 거래 횟수에 따른 수수료 일부를 민재에게 주겠다는 그의 제안이 매력적이었다.

현재 월급만으로는 생활 형편이 좋지 않았던 민재는 메더쿠의 제안을 흔쾌히 승낙했다.

****** * ******

애린에게서 연락이 왔다. 현철은 경기도 어느 호수에서 애린을 기다렸다. 오래지 않아, 애린이 도착했다. 현철은 애린에게 봉투를 건넸다.

"현철 씨. 고마워요. 빌려주신 돈은 꼭 갚을게요."
"안 갚아도 돼요. 빌려주는 게 아니라, 주는 거예요. 저 돈 많아요. 아내 몰래 마련하느라 시간이 좀 걸렸을 뿐이에요."

"꼭 갚을게요. 그래야 제가 마음이 편해요."
"애린 씨 편한 대로 하세요."

"제게 어떤 생각으로 이 큰돈을 주신 거예요?" 애린이 물었다.
"저는 애린 씨를 친구라 생각해요. 친구가 어려움에 부닥치면, 친구로서 도울 수 있는 거죠."

"아무런 대가를 바라지 않고요?"

"네. 친구가 곤경에서 벗어나는 게 제게 기쁨이 되니까요. 그 정도면 충분해요."

"절 친구라 생각해 줘서 고마워요. 현철 씨는 정말 좋은 사람이에요."

"그렇게 말해 줘서 고마워요."

둘은 호수 주변 낙엽을 밟으며 천천히 걸었다. 제법 쌀쌀해진 가을 날씨라 주머니에 손을 넣지 않고는 손이 시렸다. 애린의 검지가 우연히 현철의 손에 닿았다. 현철은 아무런 내색을 하지 않았다. 애린이 현철의 손을 슬며시 잡았다.

"현철 씨, 저 손 시려요. 제 손을 잡아 주시겠어요?"

애린의 요청에 현철은 걸음을 멈추고 애린의 두 손을 잡았다. 현철의 손아귀에 애린의 두 손에 완전히 들어왔다.

"이렇게요?"

현철은 애린의 손을 자신의 입가로 가져와 입김을 불었다. 애린은 현철이 하는 대로 가만히 있었다.

"제가 지난번에 드렸던 에세이는 아직 다 안 읽으신 거 같네요."

"미안해요. 제가 요즘 너무 바빠서 읽지 못했어요. 그런데 그걸 어찌 아셨어요? 제가 책을 안 읽었다는 걸."

"그냥 그랬을 것 같아서요."

"애린 씨가 제게 특별히 주신 책인데, 오늘 가서 조금이라도 읽을게요."

"고마워요. 절 특별하게 생각해 줘서."

둘은 말없이 호숫가를 걸었다. 현철에게 이 침묵이 이젠 어색하지 않다. 침묵에 어색함이 없으니, 무슨 말을 할까 애써 고민할 필요도 없다.

"언니에겐 미안하지 않으세요? 이렇게 몰래 절 만나는 거에 대해서요." 애린이 물었다.

"아내와 강릉에 간 적이 있었어요."

"언제요?"

"지난 달요."

"강릉에서 무슨 일이 있었어요?"

"아내가 그러더군요. 아내 친구가 영화관에 있었던 우릴 봤다고요."

"그래서요?" 애린이 걱정스러운 말투로 물었다.

"잘 넘어갔어요. 별일 아닌 것으로요. 근데, 밤늦게 아내가 호텔을 나가더라고요."

"어머…. 아내께서 누굴 만났던 건가요?"

"네. 둘의 대화 내용을 잘 듣진 못했지만, 한참을 얘기하는 것을 보아, 전부터 알던 사이 같았어요. 학교 동창 같은…."

"두 사람이 어떻게 만나게 되었을까요…. 우연히 만난 걸까요, 강릉에서. 혹시 남자분의 집이 강릉이었을까요?"

"제 아내가 그 남자를 강릉으로 부른 게 아닐까요? 그렇지 않고서야 그렇게 우연히 만날 수 있었을까요. 전 호텔로 들어갔어요. 아내가 들어오길 기다렸어요. 새벽, 네 시가 조금 넘어서 들어오더군요. 어떻게 그렇게 대놓고 호텔에서 만날 수가 있어요? 남편이 근처에 있었는데."

"아내께 어떤 생각이 드세요? 상실감? 배신감?"

"네. 둘 다요. 그런 기분 한 번도 느껴 본 적이 없었는데. 기분이 상당히 묘하더라고요."

"아내에게 잘해 주세요. 기념일 잊지 말고 챙겨 주시고요. 선물도 자주하시고, 예쁜 말도 자주 해 주세요."

"젊었을 땐 자주 했어요. 아무리 바빠도. 그런데 점점 무뎌지게 되네요. 설렘도, 아내에 대한 호기심도."

"사랑의 감정이 아닌 의무감 일지라도 그래야 한다고 생각해요. 행동하다 보면 없던 마음이 생기기도 하잖아요."

"알겠어요. 오늘은 애린 씨에게 많이 배우네요. 아내가 다른 남성을 만나게 된 데에 제게도 책임이 있는 거겠죠. 참, 애린 씨는 언제 프랑스로 출국한다고 했었죠?"

"다음 주 월요일요."

"프랑스에 도착하면, 오빠분을 간호하는 데만 신경을 쓰세요. 시차도 다른데, 제겐 연락하지 않으셔도 돼요."

"아, 한 가지 더. 아내께 저에 대해 꼭 얘기해 주세요. 아내께서 우리 관계를 조금이라도 오해하지 않게요. 알겠죠?"

둘은 산책을 마치고, 차로 돌아왔다. 애린은 차에서 포장된 선물을 꺼내 현철에게 건넸다.

"열어 보세요."

현철의 옆모습이 그려진 액자다.

"지난번 함께 찍었던 사진을 보며 목탄으로 그려 보았어요."

"이삼십 대 때의 저를 보는 것 같네요. 저를 너무 젊게 그리셨어요. 분위기도 있어 보이고."

"제겐 현철 씨가 그렇게 보이는걸요."

애린은 현철에게 다가가 순간적으로 입술을 포갰다. 둘은 각자의 차를 타고 헤어졌다.

* * * * * *   *   * * * * * *

지수에게 문자가 왔다. 문자의 내용은 대치동 학원에서 개최하는 학부모 입시 상담회. 금요일 저녁 일곱 시다. 지수는 조금 일찍 퇴근해 백화점에 들러 입시 상담회 때 입을 옷과 핸드백을 골랐다. 헤어숍에 들러 머리도 다시 했다. 그날만큼은 차도 평소 현철이 타고 다니는 벤츠를 몰았다.

학원에 도착하니, 이미 도착한 학부모들이 자리에 앉아 차를 마시며 이야기를 나누고 있었다. 입시 컨설턴트의 안내를 받아 강당으로 갔다.

『엄마 왔어?』

소민에게서 문자가 왔다. 지수는 소민에게 아래와 같이 답변을 했다.

『응, 강당에 있어. 설명회 마치면 집에 같이 들어가자』

지수는 핸드폰을 백에 넣으며, 강당 중앙쯤에 자리를 잡고 앉았다. 그리고 출입하는 학부모의 옷차림을 봤다. 가을 컬렉션 패션위크 런웨이를 보는 것 같았다. 원단부터 세련되어 보인다.

'제법인걸. 다들 좀 사는가 보네.'

학부모 중, 노란색 트위드 소재 원피스에 명품 가방을 손에 쥔 여성이 눈이 들어왔다.

'아니. 쟤는….'

지수는 본인도 모르게 자리에서 일어났다. 마침 그 여성도 지수를 알아보고 지수 곁으로 다가가 말을 걸었다.

"너 지수 맞지? 최지수."

"재은이?"

"그래 맞아. 나 재은이야, 유재은. 지수야, 이게 얼마 만이니? 세상에. 네 아이도 이 학원 다니고 있는 거니?"

세련미뿐만 아니라 건강미까지 넘쳐 보이는 재은의 모습에 지수는 깜짝 놀랐다.

"그동안 어떻게 산 거야?"
"나야 잘 지냈지. 설명회 곧 시작하니까, 우리 끝나고 얘기 좀 할까?"

"그… 그래."

재은은 지수 바로 뒤의 빈자리에 신속하게 앉았다. 두 시간에 걸쳐 과학고 입학과 관련된 입시 설명회가 모두 마무리되었고, 지수와 재은은 학원 건물 1층 로비에서 다시 만났다. 마침, 소민과 민영도 1층 로비로 내려왔다.

넷은 가까운 카페로 이동했다. 소민과 민영이 한 테이블에 앉아 음료를 마셨고, 지수와 재은은 다른 테이블로 갔다.

"최근에 네 소식을 듣긴 했어. 청담동 산다는 것도."

"그래? 우리 일단 연락처부터 교환할까?"

지수는 이미 재은의 연락처를 알고 있었지만, 모르는 척 연락처를 물어봤고, 자신의 연락처도 알려 주었다.

"한국엔 언제 들어온 거야?"

"온 지는 좀 됐어."

"그래? 언제 들어왔는데?"

"이천…. 오 년? 육 년?쯤."

"왔으면 바로 연락을 했었어야지."

"사는 게 바빠서 연락을 못 했어."

"그럴 수도 있지. 얼굴 보니까 고등학교 때 모습 그대로네. 하나도 안 변했어. 아니 더 예뻐졌어."

지수가 보기에 재은의 모습은 정말 고3 시절 모습과 큰 차이가 없었다. 맑고 고운 피부에 갸름한 턱선, 주름 하나 없는 탱탱한 얼굴에 감탄했다.

"딸 이름이 소민이라고 했지? 민영이가 네 딸 얘기를 몇 번 했거든. 학원에서 정말 좋은 친구를 알게 되었다고. 소울메이트라나 뭐라나. 그런데 이런 우연이 있을 줄이야."

"누가 내게 그러더라고. 모든 만남은 우연을 가장한 필연이라고. 우리가 이렇게 다시 만나게 되는 게 운명이었나 봐."

"우리 종종 연락하며 지내자. 정보 교환도 하고."

"그러자."

지수와 재은은 후일의 만남을 약속하고 헤어졌다.

집으로 돌아오는 길. 소민이 지수에게 물었다.

"민영이 엄마가 엄마 고등학교 때 친구야?"

"맞아. 어떻게 이런 우연이. 재은이는 하나도 안 늙었네. 엄마랑 아주 다르네."

"엄마가 어때서? 내 눈에는 그 아줌마보다 엄마가 훨씬 예뻐."

"아이고, 우리 딸. 고마워요."

"민영이 엄마는 참 밝아 보이네. 민영이한테 들었던 것과는 좀 달라 보였어."

"민영이가 자기 엄마에 대해서 뭐라고 했는데? 무슨 문제가 있니?"

"그런 건 아닌데…. 민영일 혹독하게 공부시키는 살벌한 아줌마일 거라고 상상했거든. 근데 오늘 보니까 따뜻하신 분 같아. 어땠어? 아줌마 학창 시절에. 엄마 친구라고 하니까 진짜 궁금해."

"똑똑한 친구였어. 공부 잘하고, 말도 멋있게 하는 그런 친구."

"엄마랑 아주 친했어?"

"음…. 그렇진 않았어."

"그럼 혹시 사이가 안 좋았어?"

"아니. 그렇지도 않았어. 같은 반 친구였지만, 노는 무리가 좀 달랐을 뿐이야. 민영인 어떤 아이니?"

"공부 열심히 하고, 생각이 정말 깊은 아이야. 가끔 안쓰럽기도 하지만…."

"재은이 그러던데. 민영이는 널 소울메이트로 생각한다고. 민영이 언제 한번 집에 데려와. 선이도 부르고. 엄마가 저녁 식사 맛있게 만들게."

"걔가 정말 그랬어? 알았어."

계획

청담동 매그니스 아파트 내 카페. 현철이 카페 문을 열고 들어오자, 그를 반갑게 인사하는 사람이 있었다.

"전화로 얘기해도 되는데, 집까지 찾아왔어? 미안하게."

현철을 마주한 사람의 이름은 강찬식. 현철과는 UC얼바인 의과대학원 동기다.

"미안하긴. 오랜만에 얼굴도 보고 싶어서 왔지."
"뭐 마실래? 난 카페라테. 이 집이 카페라테가 맛있어. 우유가 많아."

"그래. 나도 같은 거로."

음료 주문을 마치고, 찬식이 자리로 돌아와 현철에게 물었다.

"마취과 빈자리에 새로운 선생은 아직 오지 않았어?"

"응."

"왜 아직도 안 뽑았어?"
"얘기했잖아. 그 자리 네 자리라고. 병원장, 병원 이사장에게도 내가 다 얘기했어. 넌 몸만 오면 돼."

찬식은 커피 한 모금을 마시더니, "일단 고맙다. 날 생각해 줘서."라고 말했다.
"천천히 와, 지금 병원 일 잘 마무리하고. 급할 필요가 없어."

"아니, 현철아. 나 거기 안 가기로 했어."
"왜? 너 병원 옮기고 싶다고 했잖아? 나한테 자리 좀 알아보라는 의도 아니었어?"

"아니야."
"그럼 뭔데? 내 입장 난처하게."

"다시 돌아가려고."
"어디로? 삼성병원? 아니면 학교?"

"캘리포니아."

"캐, 캘리포니아? 갑자기 캘리포니아는 왜?"

"얼바인으로 가려고. 거기서 교수 자리를 제안받았어."

"그런 계획이 있었군. UC얼바인 의대 교수라…. 그럼 당연히 거기에 가야지, 한국에서 비빌 게 아니라. 거긴 무슨 연줄로 간 거야?"

"날 좋게 봐주는 사람이 있어."

"자세히 얘기해 봐. 그래야 나도 병원에 가서 변명하지. 다들 너 오는 줄 알고 손을 놓고 있었는데…. 어떻게 가게 된 거야?"

"박현철, 난 내가 너희 병원에 가겠다고 말한 적 없다. 괜히 나 이상한 사람 만들면 안 돼."

"알았어, 알았어. 그렇겐 얘기 않지. 근데, 진짜 궁금해서 그래. 어떻게 교수 자리 꿰찬 건지."

"커피 다 마셨지? 자리를 좀 옮길까?"

"어디로?"

"우리 저녁 먹어야지. 삼겹살 어때?"

"좋지."

"주소 찍어 줄 테니까, 거기로 와."

＊＊＊＊＊＊ ＊ ＊＊＊＊＊＊

식당으로 자리를 옮긴 둘은 술잔을 기울였다.

"너 아직 얘기 안 했다. 얘기 좀 해 봐. 어떻게 교수 자리를 얻게 된 거야?"

현철의 집요한 추궁에 찬식은 비밀 한 가지를 털어놓았다.

"거기에 내가 사랑하는 사람이 살아."
"정말? 한국엔 너 혼자 들어온 거였어? 가족들 미국에 놔두고? 하긴. 가족들은 얼바인에서 지내는 게 낫지. 환경 너무 좋으니까. 나도 후회된다. 그냥 미국에 눌러사는 건데."

"가족 말고. 내가 사랑하는 사람."
"미친놈. 자세히 말해 봐. 누가 산다고?"

"오래됐어. 그렇게 된 지."
"아내는 알아?"

"당연히 모르지."

"뭐야. 애인이 얼바인에 있는 거야?"

"UC얼바인 응급센터장 딸이야."

"응급센터장이면…. 레이우드 교수님 말하는 건가?"

"응."

"너 정말…. 그동안 가족들을 어떻게 속인 거야?"

"미국과 한국 오가며 두 집 살림 한 거지."

"참나. 그게 어떻게 가능하지? 십 년도 넘게?"

"가능해. 비지팅 교수, 연구교수, 학회 출장, 세미나 참석…. 모교에 가야 할 알리바이는 얼마든지 만들 수 있지."

"이런…. 너 아주 미친놈이네…."

"괜스레 술기운 빌어서 함부로 말하지 마라. 너 안 취한 거 알아."

"네가 지금 제 정상이냐? 가족들은 어떻게 할 건데? 네 부인이랑 네 아들. 이혼이라도 할 거야?"

"내 가정은 깨진 지 이미 오래야. 나아질 가능성도, 그럴 의지도 없어.

나나 아내나. 됐냐? 이제 이해가 돼?"

"재은 씨랑 너 사이좋았잖아. 그래서 결혼한 거 아니었어?"

"가족과는 사랑이 안 된다는 말 정말 진리인 듯."

"정말 이혼하게?"

"응. 그게 그 사람에게도 좋아."

"너한테 완전히 실망이다."

****** * ******

민재는 휴대전화에 저장된 '유재은'이라는 이름의 번호를 한참이나 들여다보았다.

'이제 와서…. 이십 년도 넘게 지났는데 이제 와서 나의 마음을 전하는 게 무슨 의미가 있을까….'

민재는 선뜻 재은에게 연락할 수 없었다. 민재는 통화내용으로 들어가 최지수를 확인하고 눌렀다.

"지수야. 나야, 민재."

"응."

지수가 반갑게 민재를 맞이했다.

"도저히 못 하겠어."
"뭘?"

"재은이에게 전화하는 거."
"네 맘 이해해. 일단, 재은이를 향한 너의 마음을 정리하는 게 먼저일
것 같아."

"차라리 내게 재은이의 연락처를 알려 주지를 말지."
"내가 생각이 짧았어. 그때 나도 좀 취했고, 너도 현실을 좀 직시하는
게 좋을 것 같아서 그랬는데. 다시 생각해 보니, 네게 의미 없는 정보인
것 같아. 나 지난주에 우연히 재은이를 만났어. 학원 모임에서. 글쎄, 딸
내미랑 그 집 아들이 같은 학원에 다니고 있었더라고. 강남 바닥이 생각
보다 좁지? 재은이 보니까, 듣던 대로야. 잘살아. 그것도 아주 잘. 네가
들어갈 틈이 있을지 의문이야. 물론 그래서도 안 되는 거지만."

"하나만 도와줘."
"뭘?"

"재은이를 만나게 도와줘."

"내가 어떻게?"

"내가 불쑥 재은이에게 전화하긴 좀 그러니까, 네가 전화해서 재은이를 불러내 줘. 자연스럽게."

"그리고?"

"넌 자연스럽게 빠지고."

"자연스럽게 빠져 달라…. 이거. 왠지 자연스럽게 이십사 년 전의 그림이 그려지는데…."

"미안해. 지금 부탁할 사람은 너밖에 없어. 나도 확실하게 정리하고 싶어서 그러는 거야."

"참 희한해. 세월이 흐르면, 흐른 세월의 두께만큼 감정선이 두꺼워지고 무뎌졌을 것 같지만, 실상은 더 얇아져 있다는 걸."

"헤어짐을 확실하게 하고 싶어. 아직 내 마음은 재은이와 헤어지질 못했어. 그걸 도와줘."

"알았어. 너 나온다고 말할까?"

"응. 그렇게 해."

"그래, 알겠어. 확인하고, 전화 줄게."

"고마워, 그리고 미안해. 이런 부탁 하게 돼서."
"대신 내 소원도 하나 들어줘야 해."

"뭔데?"

****** * ******

"소민아. 나 KMO 학원 그만 다닐까 해." 선이 소민에게 말했다.
"왜, 갑자기?"

"자신이 없어."
"2차 시험을 응시 못 하게 될까 봐 불안해서 그래? 우린 처음부터 목표
가 1차 시험이었잖아. 너 정말 IMO까지 가려고 그랬던 거야?"

"그건 아닌데, 막상 준비하고 보니까 한 가지 깨달은 게 있어. 끝없는
경쟁이라는 걸. 이번 KMO 1차 시험에서 동메달은 따겠지. 금·은·동
합해서 사백 명 넘게 주니까. 하지만, 그 이후엔 2차 시험, 겨울 학교, 3
차 시험 봐야 하고, 루마니아 수학 마스터, 아시아태평양 수학올림피아
드……. IMO까지 끝없는 시험이 기다리고 있어."

"과학고 진학은? 그건 계획대로 가는 거지?"

"그것도 모르겠어. 거기에 간들 내가 살아남을 수 있을지도 모르겠고."

"선아, 정말 왜 그래? 우리 같이 가기로 했잖아. 생각나? 내가 힘들어할 때마다 네가 내 옆에서 열심히 해 줬던 거. 나 너 없으면 외로워서 못 해. 객관적으로 네가 나보다 더 우수하잖아. 이런 나도 꾸역꾸역하고 있는데, 네가 포기하는 게 말이 되냐고."

"미안해, 소민아. 나도 생각 많이 했어. 학원에도 이미 말했어."

"시험은? 이제 정말 얼마 안 남았잖아."

"안 보려고."

선은 가방에서 작은 상자를 꺼내 소민에게 건넸다.

"시험 잘 봐."

"이게 뭔데?"

"시험장에 유일하게 들고 들어갈 수 있는 거야."

상자를 열어보니, 정성스럽게 스티커가 붙여진 컴퓨터용 수성사인펜이 들어 있다.

"생각해 보니까, 이게 너한테 주는 첫 선물인 거 같아. 내 몫까지 잘해
줘. 금메달이든 은메달이든 꼭 따고. 모양 빠지게 동메달 따지는 말고,
알겠지?"

* * * * * *   *   * * * * * *

현욱이 지수를 불렀다. 표정이 무겁다.

"너도 알지, 회사 자금난 심각한 거."
"영업이 시원찮아서 미안하다. 내가 대신 사과할게. 나도 그것 때문에
재무한테 늘 들들 볶여. 수금 좀 빨리하라고."

"조만간 공문이 하나 나갈 거야."
"무슨 공문인데?"

"희망퇴직 접수 공문."
"저런. 그 방법 외엔 없는 거야?"

"응. 현재로서는. 근데 말이야, 팀마다 할당이 있어."

"사람 내보내는 데 목표치가 있다는 얘기군. 얼마나 되는데?"

"팀별 20% 감축이 목표야. 소수점 이하는 한 사람으로 세고. 직급은 상관없어. 인원 목표만 채우면 돼."

"나보고 부하 직원 설득해서 내보내라는 거야?"

"그렇지 않으면, 너의 고과부터 털리게 될 거야. 이런 상황에서는 팀장급 성과 지표로 구조조정 기여도가 될 테니까."

"잔인하군, 정말 잔인해. 구조조정 대상에 인사팀도 포함되는 거야?"

"아니. 그렇진 않아. 당장은."

"그건 무슨 논리지? 회사가 자금난에 시달려 다운사이징 해야 하는데, 칼을 쥔 부서는 해당 사항이 없다니. 형평성에 안 맞잖아?"

"토끼사냥이 끝나면, 사냥개도 언젠가는 정리되겠지. 인원이 줄었으니, 경영지원인력도 줄여야 한다는 논리로. 그 전에 살길을 찾아야 하는데, 그게 잘 안 보이네. 넌 그래도 좀 낫잖아, 남편이 의산데. 우리 집에 돈 버는 사람은 나밖에 없다고."

"도대체 회사는 얼마나 힘든 거야?"

"완전 현금고갈이야. 요즘 대출 금리가 워낙 높아서 대출하기도 쉽지 않나 봐."

"회사는 내가 힘들 땐 도와주지도 않으면서, 회사가 힘들면 직원에게 희생을 강요하지. 안 그래?"

"어쩌겠어."

"자존심 상해서 난 협조 못 하겠어. 미안해. 내 밑에 있는 팀원들, 다 내가 뽑은 사람들이야. 회사를 믿고, 날 믿고 입사한 유능한 사람들이야. 회사가 임의로 정한 정률대로, 그렇게 내보낼 순 없어. 설득할 자신도 없고."

"그럼 네가 나가야 할 수도 있어."

"인원 감축 이후 계획은 뭐지?"

"건물 매각하고, 본사를 이전하는 거야. 작은 사무실로."

"그럼 계약직들은 어떻게 되지?"

"정규직들도 속수무책으로 잘려 나가는 판에 계약직들은 어떻겠어. 당연히 계약 종료지. 공문 내보내고 나서 희망퇴직자 처우에 대한 안내를 할 거야. 그전에 넌 누구를 내보낼지 생각해 보고 내게 리스트를 좀 보내줘. 나도 사전에 파악을 좀 해야 하니까."

"알았어."

대화를 마친 둘은 각자의 자리로 돌아갔다. 마침, 마케팅지원팀 막내 최지혜 사원이 보고서를 들고 지수에게 왔다.

"팀장님. 이번 달 선수금 수금 현황표입니다. 계획했던 대로 모두 이상 없이 수금되었습니다."
"수고 많았어요. 회사 유동성에 큰 도움이 되겠네요."

지수의 칭찬을 받은 지혜는 신이 나서 자리로 돌아갔다.

'기가 막히네. 직책도 없는 사원들도 저렇게 열심히 일하는데 회사는 왜 돈이 없고, 누군가는 왜 나가야 하는 건지. 잘못되어도 한참 잘못되었어.'

지수는 이메일 새 창을 열었다. 그리고 박상준 전무에게 보낼 장문의 이메일을 작성한 후, 전송버튼을 눌렀다

지수의 이메일을 확인한 박 전무는 곧바로 지수를 호출했다.

"회사 1층 카페에서 봅시다."

음료를 받아든 둘은 빈 곳에 자리를 잡았다.

"제 이메일 보신 거죠?"

"응."

"희망퇴직 말고는 다른 방법은 없었던 건가요?" 지수가 물었다.

"그게 최선이야."

"은행 대출도 할 수 있는 거고, 급여 부분 반납도 있고, 판매 방식을 바꾸는 방법도 있잖아요."

"있기야 하지. 하지만 다 부수적인 방법들이지. 그런다고 고정비가 획기적으로 줄지 않아. 최 부장. 회사가 아파. 많이. 어디 생채기가 난 것도 아니고, 깊게 다쳤어. 파스 몇 장, 밴드 몇 개 붙여서는 낫질 않아. 중병엔 극약 처방이 필요한 거야. 암은 도려내야 하는 거고, 썩은 부위는 잘라내야 하는 거고. 회사 자금난은 자금난이고, 이번 기회에 빅배스를 하는 것도 나쁘지 않지."

"팀원들에게 도저히 퇴직 제안을 할 마음이 생기질 않아요. 이게 과연 옳은 일인지도 모르겠습니다."

"옳고 그름이 어디 있어. 회사가 하라면 하는 거지."

"자금난의 원인은 경영진의 무리한 투자와 투자금 회수 지연 문제인데, 경영진의 과오를 메꾸는 건 직책도 없는 평직원들이라는 게 타당한

가요?"

지수는 넘지 말아야 할 선을 넘었다.

"말을 좀 가려 하지, 최 부장. 거기까지만 말해."
"제가 말한 건, 전무님을 두고 말한 게 아녜요."

"알아. 그래도 거기까지만 해. 경영진들이 무능해서 회사를 위한 최선의 의사결정을 못 했다고 말하고 싶겠지만, 그때 당시엔 살기 위해 결정했던 최선이라는 거 너도 알잖아. 나한테 결과론적으로 말하지 마."
"알겠습니다. 죄송합니다."

"팀원들 개별적으로 접촉해서, 희망퇴직할 의향이 있는지 물어봐."
"그럼 팀원들끼리 뒤에서 서로 얘기할 거 아녜요. 눈치 보면서."

"결국엔 다 오픈되게 되어 있어. 힘든 과정인 거 맞아. 최 부장은 이런 경험 처음 해 봐서 마음이 무겁겠지만, 팀원이 나가지 않으면, 최 부장 네가 나가야 해. 넌 남편이 의사잖아. 사실 직장 그만둬도 크게 아쉽지 않을 것도 같은데."
"전무님. 죄송한데, 의사 부인, 의사 부인…. 이제 의사라는 수식어는 정말 지긋지긋합니다. 저는 부장으로 일하고 있는 거지, 의사 부인으로 일하고 있는 게 아니잖아요. 그리고, 제가 왜 나갑니까? 제가 지금까지 팀장으로서 부족한 점 있었나요?"

"최 부장. 내가 이런 말까지는 정말 하지 않으려고 했는데."
"말씀하세요, 전무님."

"능력 많은 자네가 왜 아직 상무를 못 달고 있는지 알아? 과장, 차장, 부장 다 발탁 승진한 자네가?"
"왜죠?"

"바로 자네의 반골 기질 때문이야. 대드는 거. 나한테 이렇게 대드는 거는 이해한다고 쳐. 근데 내 위에 누가 있고, 회사 꼭대기에 누가 있어? 부사장, 사장은 최 부장 성격 모를 것 같아? 얌전하게 하라는 대로 해. 있는 자리도 놓치고 싶지 않으면."
"전무님. 정말 퇴사하고 싶게끔 만드시는 재주가 있으시네요."

"퇴사하는 건 최 부장 자유지. 그럼 현욱이가 상무를 달겠지. 빅배스를 성공적으로 마무리한 보상으로, 팀장급 한 명 정리하는 게 사원들 세 명 정리하는 거랑 동급이거든. 나대지 말고, 돌출하지 말고, 성질머리 좀 죽여."

자리로 돌아온 지수. 그녀는 자신이 상대할 사람이 박 전무가 아니라

사장이라고 생각했다.

해맑게 웃으며 일에 전념하는 팀원들을 보며, 지수는 결정했다.

'내가 있는 한 마케팅지원팀에서 나갈 팀원은 없다.'

'회사가 직원을 내보내야 할 이유가 있다면, 직원은 나갈 수 없는 이유를 만들면 된다. 어느 쪽이 더 무겁고 중한지는 사장이 판단할 일이다. 난 사장이 한 번쯤은 그 판단을 할 수 있도록 판을 깔아야겠다.'

지수는 팀 회의를 소집했다. 카카오워크를 통해 다음과 같이 팀원 전체에 뿌렸다.

『저녁 9시에 회의가 있습니다. 중요한 회의입니다』

* * * * * * * * * * * * *

민재는 메더쿠가 보내온 자바(java)로 만들어진 앱 소스 코드를 살펴보았다. 메더쿠는 그 소스 코드에 보안 취약은 없는지, 민재에게 검토를 요청했기 때문이다. 민재가 볼 때 여러 군데에서 보안 취약점들이 발견되었다. 이 약점으로 인해 개인의 재산이 본인도 모르게 강탈될 수 있으므로, 민재는 보안 요건을 더 강화해야 한다고 의견을 제시했다. 메더쿠는 이에 감사해하며, 민재에게 사례금을 송금하고자 했다. 그러나 민재는 미리 개설해 둔 미화 은행 계좌가 없어, 사례금을 받을 수 없었다. 민재는 한 달 내에 미화 계좌를 만들기로 했다.

민재는 앱 소스 코드를 사용자 편의성 면에서 더욱 업그레이드할 수 없을지 고민하고 연구했다.

주선

"정말 신기하다. 우리가 이렇게 다시 만나게 된 게."

재은이 지수를 보며 말했다.

"그러니까. 어떻게 그런 우연이 다 있어. 우리 민영이랑 네 딸 소민이랑 같은 학원에 다닐 줄이야."

"소민이는 민영이 덕분에 등록하게 되었어. 난 생각도 못 했어, KMO 시험은. 고등학교 때도 그랬지만 너 정말 앞서 나가는 거 같아."

"민영이가 잘하니까, 거기에 맞는 교육이 뭐가 있을까 찾고 찾다가 알게 된 거지. 소민이도 과고 준비하는 거지?"

"응. 일단 그게 최우선 목표야."

"당연히 가겠지. 엄마 아빠가 어떤 사람들인데. 안 그래?"

"소민이는 시키면 잘하는데 스스로 하는 게 아직 약해. 민영이는 어때? 잘해?"

"스스로 하는 습관은 충분히 들은 거 같아. 걔한테 공부하라고 말하지 않은 지 좀 됐으니까."

"소민이가 민영이를 만난 게 정말 다행이네. 민영이한테서 많이 좀 배워야 할 텐데."

"민영이가 이번 KMO 1차에서 최소한 은메달 이상은 목에 걸어야 할 텐데. 동메달 걸면 창피하잖아."

"난 우리 딸내미가 동메달이라도 따면 좋겠는데. 역시 기대치가 다르네."

"금상 은상 다 합쳐서 거의 이백 명이야."

"응시자가 많잖아. 지난번 컨설턴트 말로는 사천 명 정도 된다고 그랬던 거 같은데, 맞지? 그 숫자가 공무원 시험 응시생 같은 허수도 아니고. 학교에서 공부 좀 한다는 중학생들은 대부분 응시하는 것일 텐데."

"그러니까 더 잘해야지. 요즘 중학교가 어디 우리 때 다녔던 중학교 같아? 물학교지. 적성 탐색이다, 자유 학기다 해서, 공부는 뒷전이고 수행평가만 잔뜩 시키잖아. 그게 무슨 공부가 되겠냐고. 머리 터지게끔 시켜야 공부지, 안 그래?"

"애들이 얼마나 고단하겠어. 학교 수행평가는 수행평가대로, 과고 외고 입시는 입시대로."

"소민이 과고 보내고 나서는 어떻게 할 건데? 딸내미 진로."

"소민이가 일단 과학고에 가면, 그 이후엔 크게 간섭하고 싶진 않아. 하고 싶은 건 스스로 찾아야지. 내가 드라이브 건다고 되는 것도 아닐 거고."

"넌? 민영이를 어떻게 키울 건데?"

"당연히 의대지. 4차산업이다, IT다, AI 다 새로운 일들이 많아도, 난 민영이가 클래시컬하게 의사를 했으면 좋겠어. 명망이 있는 의사 가문을 만드는 게 내 꿈이야."

"참, 네 남편도 의사잖아. 넌 간호사였고. 훨씬 수월하겠네, 엄마 아빠가 이리저리 서포트해 주면."

"너도 그렇잖아, 네 남편도 의사잖아. 신랑이 소민이도 의사 되길 바라지 않아?"

"아니, 우리 집은 크게 그런 건 없어. 되면 좋지. 근데 의대 가는 게 어디 쉬워?"

"과고 갈 머리면, 조금만 더 공부하면 지방 의대는 수월히 가지."

"난 소민이가 지방에 있는 학교는 안 갔으면 좋겠어. 그게 의대라도. 걘 나 없으면 아무것도 못 하거든."

"나도 그래. 의대도 의대 나름이니까. 스카이 의대를 가야지 거기 못

가면 차라리 미국이나 독일에 가는 게 낫고. 쪽팔리게 어떻게 지방 학교
에 보내."

"너무 그러지 마. 거기에 가는 사람들도 다 계획이 있고 사정이 있는
거니까. 혹시 모르잖아, 우리 소민이가 지방대 갈지도. 그럼 그때도 나한
테 그렇게 말할 거야?"
"네 딸이 왜 지방대를 가니, 집 근처 학교 놔두고. 전제가 잘못되었잖아."

"암튼."
"네 말뜻은 알아. 다 저마다 가는 길이 있는 거야. 있는 사람은 있는 대
로 살고, 없는 사람은 없는 대로 살고."

"넌 되게 있는 모양이다?"
"얘는. 누가 들으면 내가 큰 부자인 줄 알겠네. 너랑 비슷하겠지 뭐. 비
슷한 사람끼리 비교하는 거 아니다 얘."

'글쎄. 넌 정말 비교를 좋아하는 것 같은데. 비교 분석 전문가처럼.'

지수는 재은과 대화하다가 왜 재은을 만나려고 했었는지 잠시 잊었다
가 간신히 떠올렸다.

'민재의 부탁이 있었지. 이 타이밍에서 재은이에게 민재 얘기를 꺼내, 말아?'

"무슨 할 말이 있어서 보자고 한 거 아니었어?" 재은이 지수를 보며 물었다.
"민재 말이야. 강민재. 기억나?"

"당연히 기억하지, 민재는 왜?"
"민재가 널 보고 싶어 해. 네가 어떻게 사는지 궁금해하고, 너한테 할 말이 있는 것 같아. 민재가."

"그래? 나한테 전화하라고 하지. 그 얘기 전하려고 오늘 만나자고 한 거야? 번잡스럽게?"
"혹시나 너한테 실례가 될까 봐 그런 거 아닐까? 학창 시절하고 지금과는 완전히 다르니까. 이미 결혼도 했고."

"알았어. 네가 시간을 정해서 알려 줘. 거기에 맞출게. 근데 무슨 할 말이 있어서 그런가. 매우 궁금하네."

재은의 눈빛에 호기심이 보였다.

"다행이네. 난 네가 설마 만나지 않겠다고 할까 봐 걱정했어. 내가 괜히 걱정했네."

"안 만날 이유가 없지. 나도 궁금해. 민재 어떻게 사는지. 결혼은 했고?"

"민재 만나면 직접 물어보고 대화 나눠. 얘기해 주고 싶지만, 내가 민재의 대화 내용을 갉아먹어서는 안 되잖아. 민재를 통해서 직접 듣는 게 좋을 것 같아."

재은과 헤어진 지수는 생각했다.

'내가 알던 재은이 맞나. 사려 깊고 남을 배려했던 고3 시절 재은이의 모습은 온데간데없고, 속물적으로 바뀐 것 같네. 오래 살고 볼 일이야. 어쩌다 저리됐는지. 민재가 저런 재은이의 모습을 본다면, 기분이 어떨까. 환상이 깨질까?'

늦은 회의를 위해 회사로 다시 돌아가는 길, 지수는 현종표 대표의 연락을 받았다. 현 대표는 지수에게 매티스 실업의 임원 자리를 제안했던 인물이다.

"소식 들었습니다. 곧 피바람 분다고. 그때 제가 드렸던 제안은 생각해 보셨습니까? 아직도 그 자리는 부장님께 열려 있습니다."

"우리나라에 영업 담당자가 한둘이 아닐 텐데, 그렇게 좋은 자리가 아직도 공석인 게 신기하군요."

"아무나 올 수 있나요. 최 부장님과 같은 전문가 아니고서야."

"저더러 지금 회사를 배신하라는 건데, 저 혼자 살겠다고 직원들 팽개칠 순 없어요. 제가 만약 매티스 사장이면 그런 사람은 처다도 안 봐요. 언제 배신할지 모르니까요. 차라리 능력이 좀 안 되더라도 충성도 높은 사람을 뽑지. 안 그래요?"

"알겠습니다. 최 부장님 뜻을 알았으니 이제 연락드리지 않겠습니다."

현종표 대표와 통화는 지수에게 많은 생각을 불러일으켰다.

'어쩌면 우리 회사 젊은 직원들이 현 대표를 통해 매티스로 많이 넘어갔는지도 모르겠군.'

'희망퇴직이 본격적으로 시작되면 인력 이탈이 더욱 가속화될 텐데, 회사는 나중에 인력난을 어찌 감당하려고 이러는 걸까. 매티스와의 격차는 더욱 커지겠지.'

'차라리 나 한 사람 퇴사하고, 남은 직원들에게 피바람 안 가게 하는 게

현명한 선택일까. 팀 내 부장급 한 명 퇴사는 평직원 두 명으로 카운팅 한다는 얘기도 들은 것 같은데.'

'회사 문제로 마음을 터놓고 얘기할 사람이 아무도 없군. 입사 때 서로 으쌰으쌰했었던 여자 동기들은 결혼이다, 육아다 해서 대부분 과장의 벽을 넘지 못하고 퇴사했고, 남은 동기들은 친한 척은 하지만 누가 먼저 승진하나 항상 경계하고. 정말 외롭구나.'

'재은이가 부럽다. 걱정이라곤 하나밖에 없는 아들 학업 걱정뿐이네. 나도 이제 부장 타이틀 내려놓고 의사 부인 소리 들으면서 살까.'

****** * ******

민재는 저녁을 먹은 후 TV를 틀었다. 채널을 이리저리 돌리다 우연히 CNN까지 가게 되었는데, 헤드라인을 장식한 보도 내용은 놀랍게도 메더쿠 바크라에 대한 내용이었다.

인도 정부가 최근 스마트폰 사용이 익숙지 않은 노년층을 대상으로 스미싱을 벌인 범죄 집단을 소탕했다는 내용이다. 인도 검찰 당국은 스미싱에 이용된 서버를 압수 수색을 하는 한편, 조직의 은닉자금을 추적 중이라는 내용으로 보도 내용이 마무리되었다.

보도를 접한 민재는 모골이 송연해졌다. 미화 계좌로 돈을 송금받지 않은 것을 천만다행으로 여겼다. 민재는 앱 소스 코드를 열어 스크립트를 하나하나 살펴보았다. 고도로 지능화된 감청 앱이었다.

민재는 자신이 가지고 있는 소스 코드를 변형시켜, 메더쿠 조직을 식별할 수 있을 만한 연결 고리를 모두 없앴다. 민재는 뜻하지 않게, 국내 통신 보안에서 완전히 자유로운 인도 도·감청 앱을 손에 넣게 되었다.

다른 생각

재은과 헤어진 지수는 곧바로 회사로 들어갔다.

팀원들도 지수가 소집한 회의를 기다리고 있었다. 지수는 그들의 표정에서 올 것이 왔다는 것을 느낄 수 있었다.

"갑자기, 또 이렇게 늦게 회의를 열게 되었어요. 한 사람도 빠짐없이 참석해 줘서 고맙습니다."

지수는 미리 사둔 커피를 직원들에게 돌렸다. 그러나 앞에 놓인 커피를 마시는 직원은 아무도 없었다. 모두 지수의 입만 쳐다보고 있다.

"말 돌리지 않고 바로 말할게요. 회사로부터 20% 인원 감축 목표가 할당되었습니다. 우리 팀도 20%가 감원 대상입니다. 누가 나갈진 정해지지 않았어요. 저도 물론 잠재적 감축 대상자에 포함입니다. 감원 형태는 희망퇴직입니다. 다른 회사들은 희망퇴직 때 위로금을 많이 주잖아요. 안타깝게도 우리 회사는 그렇지 않다고 합니다. 월 기본급의 12개월 치만 나갈 거예요. 왜 그런지는 이미 아실 테고."

지수는 한 박자 쉬며, 직원들의 반응을 살폈다. 별로 놀라지 않는 눈치다. 이미 알고 있었다는 듯.

지수가 다시 말했다.

"혹시 여러분 중에 희망퇴직을 신청하고 싶은 직원이 있나요?"

지수의 말에 직원들의 눈빛이 흔들렸다. 지수의 물음에 아무도 대답하지 않았다. 지수도 대답을 듣기 위해 한 질문은 아니었다. 지수는 계속 말을 이어갔다.

"회사의 인원 감축 목표를 얘기하려고 바쁜 여러분을 모이라고 한 건 아네요. 회사가 인원 감축 목표를 세웠다고, 반드시 거기에 따라야 할까요? 우리 마케팅지원팀, 일괄적으로 감축될 이유 없다고 봅니다."
"그럼 팀장님의 계획은 뭔가요?" 안세진 차장이 지수를 보며 말했다.

"우리 팀이 감축되면 안 되는 이유를 만들어 경영진을 설득하는 것입니다. 우리 팀원들이 그대로 남는 게 회사의 이익이 된다고 확실히 느낀다면, 구조조정을 피할 수도 있을 것 같아요. 제가 생각한 건 크게 네 가지

방안입니다. 첫째, 원가 개선을 위한 신사업 추진계획, 둘째, 재고 자산 회전율 신장방안, 셋째, 판매대금 조기 수금 방안, 넷째, 구매대금 지연 결제 방안입니다. 이 외에도 혹시 회사의 재무구조를 개선할 좋은 아이디어가 있으면 얼마든지 제안해 주세요. 은행 추가 대출 같은 방법은 빼고요."

"우리가 그런 개선 기획안을 쓰면 경영진의 생각이 바뀔 수 있을까요?" 이명섭 과장이 지수에게 물었다.

"저는 사장님에게 가서 설득하려고 합니다. 빈손으로 가는 것보다는 대안을 제시해서 가면 더 진정성이 있어 보이고, 무엇보다도 우리의 굳은 의지를 보여 주고 싶습니다. 문제 해결에 인원 감축이 능사가 아니라는 것. 문제 해결을 위해서는 일할 사람이 꼭 필요하다는 것을요."

지수는 자신과 서무직원을 제외한 여덟 명의 직원을 크게 두 파트로 나누어, 각 파트에 두 가지 기획안 작성을 할당했다. 파트의 선임은 각각 안세진 차장과 이명섭 과장이 맡았다.

"기획안은 언제까지 해야 할까요?" 안세진 차장이 물었다.
"일주일 내 완성하도록 해 봅시다. 안 차장과 이 과장은 일주일 뒤에 초안을 제게 보고해 주세요."

팀 회의가 끝났다.

팀원들이 한둘씩 자리를 비웠는데, 이명섭 과장은 일어나지 않았다.

"팀장님 잠시 면담을 하고 싶습니다." 이명섭 과장이 지수에게 말했다.
"그래요, 이 과장."

'드디어 올 것이 온 건가?' 지수는 이명섭 과장이 희망퇴직을 신청할지
도 모른다는 생각이 들었다.

지수는 '이명섭 과장은 우리 팀의 에이스인데, 이 과장이 희망퇴직을
하겠다고 하면 난 뭐라고 말을 해야 하지….'라는 고민을 할 때, 이 과장
이 꺼낸 주제는 다소 의외였다.

"팀장님. 이건 좀 아닌 것 같습니다."
"뭐가요?"

"회사의 방침은 20% 다운사이징입니다. 회사의 방침대로 가는 게 맞
는다고 생각합니다. 우리 팀이 거기에 반하여 움직이는 게 아니라."
"이 과장은 왜 그렇게 생각하지?"

"이번 다운사이징의 목적이 재무구조 개선의 일차적 목적이 있겠지만,
저성과자를 걸러내는 것도 또 다른 목적이라고 생각합니다. 팀장님도

아시지 않나요, 팀 내 무임승차자가 누군지. 제 입으로 그 이름을 굳이 언급하진 않겠습니다. 모두를 구제하겠다는 팀장님의 발상은…. 전 이해하기 어렵습니다. 만약 팀 내 희망퇴직자가 나오지 않을 경우, 성과 기준으로 하부밴드에서 정해 주시는 게 좋겠다는 게 제 의견입니다."

"이 과장. 이번 구조조정에 대해서, 다른 팀원들 생각은 어떤지 알고 있는 게 있나요?"

"모릅니다. 전 그저 저의 생각을 이야기했을 뿐입니다."

"그럼 제가 회의 때 팀원들에게 준 과제는요? 그 과제를 수행할 의향은 없는 건가요?"

"그 과제 수행을 빌미로 저를 부정적으로 평가하실 의도라면…. 억지로라도 해야겠죠. 하지만, 그게 제 뜻은 아니라는 것을 말씀드리고 싶습니다. 가혹한 처사를 끝까지 진행하실지는 팀장님께서 결정하실 부분이고, 팀장님의 권한에 이견을 표하고 싶진 않습니다."

이 과장은 제 뜻을 충분히 전했다.

"이 과장의 뜻, 잘 알겠습니다. 내일 한 사람씩 개별 면담을 해 보고, 다시 판단해 보겠습니다. 개선방안 기획에 대해서요. 늦었으니, 어서 퇴근하세요."

"감사합니다."

지수는 퇴근하지 못하고 한동안 자리에서 생각에 잠겼다.

'모두를 위한 고민이 모두에게 정답이 될 순 없구나. 결국, 박상준 전무
의 생각이 옳았던 것일까?'

지수는 민재에게 전화를 걸었다.

"재은이가 널 만나고 싶대. 편한 시간 얘기해 줘."
"2~3주 정도 뒤가 좋겠어."

"왜? 그동안 무슨 일이 있어?"
"내게 시간이 필요해. 좀 더 나은 나를 만들 시간. 운동해서 뱃살 정리
도 해야 하고."

"참나. 재은이 만나는 데 정말 그렇게나 준비를 해야 할 일이야? 너답
지 않게 왜 그래?"
"내겐 죽었다가 다시 살아난 사람을 만나는 자리야. 넌 이해 못 하겠지
만."

"알았어. 네 마음 이해해. 재은이에게도 그렇게 전할게."

* * * * * *　*　* * * * * *

청담동 매그니스 아파트. 펜트하우스에 사는 민영은 새벽 1시 반에 거실 베란다로 나와 밖을 내다보았다.

'정말 높네. 여기서 떨어지면 바닥까지 추락하는 데 몇 초가 걸릴까? 추락 가속도는 얼마나 될까? 추락 충격은 또 얼마나 될까?'

민영은 노트를 꺼내 계산하기 시작했다.

'자유낙하 시 위치에너지는 질량 곱하기 중력가속도 곱하기 높이니까, 내 몸무게 50kg에 중력가속도 9.8 그리고 높이는. 음…. 30층이니까 대략 100m로 잡으면…. 49줄(joule). 그러니까, 대략 50톤의 충격이군. 떨어지면 아픔조차 느끼지 못할 충격이겠는데….'

"뭐 하니, 거기서?" 거실에 있던 재은이 민영을 보고 물었다.
"잠깐 바람 쐬러 나왔어요."

"간식 좀 줄까?"

"아니요, 괜찮아요. 엄마는 안 주무세요?"

"너 자는 거 보고 나서 자려고."
"그럴 필요 없어요. 먼저 주무세요. 전 좀 더 해야 해요."

"얼마나?"
"모르겠어요. 세 시가 될지, 네 시가 될지."

"그래, 알았다. 이번 KMO에서 금메달 따야 하는 거 알지? IMO까지 가려면, 은메달로는 약해. 엄마 먼저 들어가마."

재은이 방에 들어가는 것을 본 후, 민영은 자기 방으로 들어가 물리 문제를 펼쳤다.

'소민은 이 시간에 무엇을 하고 있을까?'

민영은 소민에게 문자를 보냈다.

『자니?』

십여 분 후, 소민에게서 답장이 왔다.

『깼어, 너 때문에』

『이런, 미안해. 어서 자』

『할 말 있어서 톡 보낸 거 아냐?』

『그냥 궁금했어. 네가 자고 있는지 깨어 있는지』

『내가 설마 이 시간에 공부하고 있을 거로 생각한 거야?』

『그건 아니지만, 네가 깨어 있기를 바라긴 했어』

『왜 그런 생각을?』

『지구 어딘가에 나와 비슷한 처지에 놓인 내 또래 학생이 있으면 좋겠
다는 바람에서』

『말도 되게 어렵게 하네. 어서 자. 너 제정신 아니야!』

『아직 못 푼 문제가 많아』

『그래서 몇 시까지 할 건데』

　민영이 소민에게 답장을 보내려던 차에, 재은이 민영의 방에 갑자기
들어왔다.

"뭐 해? 공부하는 거 맞아?"

"네, 저⋯. 소민이하고 잠깐 카톡 하고 있었어요."

"뭐 하러? 귀한 시간 아깝게. 공부하든가 아니면 자든가. 쓸데없는 거 하지 말고. 잠깐만. 엄마 몰래 이상한 거 본 건 아니지? 휴대폰 가져와 봐."

재은은 민영의 손에 있던 휴대전화를 가져가 인터넷 방문 기록을 두루 살폈다. 톡 송수신 기록도 이리저리 살펴보았다.

재은은 휴대전화를 다시 민영에게 돌려주면서 "어서 자. 시간 낭비하지 말고."라고 말했다. 그리고 이어서 "하나 더. 소민이보다 더 좋은 점수 받아야 해, 알겠지? KMO에서 말이야. 소민이는 너의 경쟁 상대라는 걸 잊지 말고."라고 말했다.

재은이 나가자, 민영은 소민에게 다음과 같이 답장을 보냈다.

『나 잘게. 너도 자. 이만!』

민영은 불을 끄고 침대에 누웠다. 잠을 청했지만, 오지 않았다. 대신 결말도 없는 공상이 민영의 머릿속을 헤집고 다녔다. 뚜렷한 결말도 내지 않는 공상.

안방으로 들어온 재은은 찬식에게 전화를 걸었다.

"오늘은 집에 들어오면 안 돼? 병원 일이 많이 바쁜 거야?"
"아주 바빠. 수술 스케줄이 끝도 없어. 나 신경 쓰지 말고 자."

"잠이 와야 자지."
"집에서 노는 사람이 왜 밤에 잠을 못 자. 낮잠을 자니까 밤에 잠이 안 오는 거 아니야."

"밤에 잠을 못 이룬 지 좀 됐어."
"나 당신에게 불면증 상담할 만큼 한가하지 않아. 이제 또 수술 들어가야 해. 당신이 나한테 이렇게 불쑥 전화하는 게 얼마나 위험한지 알아? 잘못하면 의료사고로 이어질 수 있다고."

"알았어. 나중에 다시 얘기해. 나 신경 쓰지 말고 어서 수술 들어가."

재은은 찬식에 괜히 전화했다고 생각했다. 침대 하부 서랍을 열어 흰색 약통을 꺼냈다. 흔들어 보니 약이 몇 개 없었다. 재은은 모두 입에 털어놓았다. 완전한 어둠을 위해 암막 커튼을 쳤고, 미세한 엘이디 조명마저 새어 나오지 않도록 모든 조명도, 핸드폰도 껐다. 재은은 안대를 찬 채 침대에 누워 잠을 청했다. 약 효과 때문인지, 슬금슬금 잠이 오는 듯했다.

십 분 정도가 지났을까. 방문이 열렸다. 정체불명의 희미한 남자 한 명이 들어왔다.

"여보 왔어?"

남성은 아무 대답이 없다.

"몇 시야? 출근하는 거야?"

재은이 남성에게 다가가려 하자 그 남성은 재은을 강하게 뿌리쳤다.

"당신 누구야!"

재은은 그 남성이 찬식이 아님을 직감했다. 그 남성 뒤로 여성의 목소리가 희미하게 들리는 듯했다. 무슨 말인지 알 수 없는 언어였다. 그 남성은 침대에 누운 재은 위로 올라가 가슴을 강하게 밀었다.

재은이 아무리 몸부림쳐도 남성은 꿈짝도 하지 않았다. 그럴수록 그 남성은 재은을 더욱더 강하게 내리눌렀다. 다급해진 재은이 민영을 불렀다.

"민영아! 민영아! 민영아!"

남성과 사투를 벌이다 재은이 침대에서 굴러떨어졌다.

모든 게 꿈이었다. 흔히 '가위눌림'이라 일컫는 수면 마비다. 꿈이라는 걸 인지하고도 재은은 온 힘을 다해 날카로운 비명을 질렀다. 있는 힘껏.

민영이 재은의 소리를 듣고 이내 방문으로 들어왔다.

"엄마! 괜찮아요? 또 악몽 꾸신 거예요?"
"응. 이젠 괜찮아. 여태 안 자고 뭐 했어. 엄마 신경 쓰지 말고 어서 자. 하루 이틀도 아니니까."

"오늘은 여기서 잘게요."

민영은 재은이 진정될 때까지 침대에 누워 있었다. 재은의 손을 잡으며.

* * * * * * * * * * * * *

"드르륵, 드르륵"

같은 시각, 현철에게서 문자가 왔다. 송신자를 확인한 현철이 휴대전화를 들고 거실로 갔다.

『저녁 먹고 생각나서 문자 보내요. 여긴 디종(Dijon)이에요』

그의 '주치의' 애린으로부터 온 문자다. 현철은 다음과 같이 답했다.

『문자 고마워요. 안 그래도 궁금했어요』

애린은 디종에서 찍은 사진 몇 컷을 현철에게 보냈다.

『오늘 낮엔 바토무슈(Bateaux Mouches)를 탔어요. 나중에 꼭 타보세요. 혹시 프랑스에 오실 일이 있으시면』
『바토무슈? 그게 뭔가요?』

『센강을 지나는 유람선이에요. 곁에 현철 씨가 없어서 아쉬웠어요. 잠깐 목소리라도 듣고 싶은데, 어렵겠죠』
『잠시만요』

현철은 지수가 자는지 확인한 후, 현관 밖으로 나가 애린에게 전화를 걸었다.

"현철 씨에게 어떤 선물을 드릴까 고민하고 있었어요."

"애린 씨의 마음만 받을게요. 말씀만 들어도 이미 뭔가를 받은 거 같네요."

"프랑스에 올 일이 흔치 않은 기회이니, 이곳에서 난 것으로 현철 씨에게 드리고 싶어 그래요. 뭐든 괜찮으니 말해 보서요."

"프랑스 국기가 그려진 펜을 받고 싶네요. 일할 때 가운에 꽂아 놓고 쓸 수 있는 그런 펜이요."

"알겠어요. 예쁜 것으로 찾아볼게요."

"너무 애쓰지 않으셔도 돼요."

"요즘 잘 지내시나요? 병원엔 별일 없고요?"

"하나 있어요."

"뭔데요?"

"제 입장이 좀 난처해진 일이 있었어요. 병원에 마취과 선생님 한 분을 추천했는데, 그분이 결국 못 오게 되었거든요. 제가 좀 경솔했죠. 그 선생님께 확답을 받아 놓고 병원에 얘길 하는 건데."

"그분은 왜 못 오시게 된 건가요?"

"다른 병원에서 자리를 잡기로 했다는군요."

"제가 한번 알아볼까요?"
"애린 씨가요? 병원 쪽 인맥이 있으세요?"

"넓진 않지만, 알아볼게요. 현철 씨에게 도움을 주고 싶어서 그래요."
"일할 사람 찾는 건 병원 인사팀에서 해결할 문제예요. 일할 사람을 구하지 못해서 문제가 생긴 게 아니라, 제가 추천한 사람이 퇴짜를 놓으면서 제 위신이 깎인 게 문제예요."

"아, 그런 문제였군요. 미안해요, 제가 주제를 짚어내질 못했네요."
"아녜요. 그런 의도로 말한 게 아니었어요. 미안해요."

현철은 계속해서 대화를 이어갔다.

"궁금한 게 있어요, 애린 씨. 사랑하는 사람을 위해, 어디까지 포기할수 있어요? 가족, 거주지, 직업, 취미, 돈, 성별 등등요. 버릴 수 있는 건모두 다 그 대상이에요."
"어려운 질문이네요. '사랑하기 때문에 무언가를 버려야 한다'라고….안 버릴 순 없는 건가요? 뭔가를 포기해야 한다고 생각하니까, 괜히 아까운데요?"

"모두 다 취할 수 있어야만 행복한 건 아니니까요."

"반드시 사랑이 전제되는 건가요? 말씀하신 '사랑하는 사람을 위해'라는 조건이 시작되는 거니까요."

"'사랑하는 사람을 위한다'라는 표현이 좀 모호하다면, '사랑하는 사람의 마음을 얻기 위해'라는 표현으로 바꿀게요."

"아 알겠어요. 이제 느낌이 와요. 내가 가지고 있는 무언가를 포기해야 하는 사랑이 올바른 사랑인지 고민할 것 같네요. 내가 가지고 있다는 것은, 내가 어떤 식으로든 사랑하고 아끼는 것일 텐데, 그것의 포기를 요구하는 또 다른 사랑이라면. 결국, 가치관의 문제로 귀결이 되는군요. 어렵네요."

"서울로 돌아오시면 더 얘길 나눠요. 이 주제에 대해서 할 말이 참 많아요."

"알겠어요. 현철 씨, 현철 씨의 밤이 너무 늦었을 것 같네요. 어서 들어가 보셔요."

통화를 마친 현철이 현관으로 들어왔다. 지수가 깰까, 조심스럽게 방으로 들어갔다. 회사 일로 술에 잔뜩 취한 지수는 여전히 자고 있다. 현철은 애린이 보내온 사진들, 대화 내용을 모두 자신의 이메일로 전송했고, 휴대전화에서는 삭제했다.

다음 날 아침, 지수가 눈을 떴을 때, 현철은 아직 잠을 자고 있었다. 지수는 민재에게 문자를 넣었다.

『내 부탁도 하나 들어주기로 한 거 맞지?』
『응. 내가 도울 수 있는 건 도울게, 뭔데?』

『너 IT전문가 맞지?』
『응, 맞아』

『도청 앱을 하나 깔고 싶어. 티가 나지 않는 방법으로』
『간단하지. 모바일 결제앱처럼 생긴 거 있는데 그걸 깔면 돼. 번호 보내줘. 네 핸드폰으로도 감청 앱을 따로 보낼게』

민재는 지수가 보낸 번호로 매더쿠 도·감청 앱이 내장된 스미싱을 하나 보냈다. 문자를 확인한 지수는 간단하게 앱 설치를 모두 마쳤다.

『그건 누구 핸드폰이야?』민재가 지수에게 물었다.
『남편 거야』

『사용 방법은 간단해. 네 휴대폰에서 감청 앱만 활성화하면, 상대방 쪽 통화내용을 실시간으로 들을 수 있어. 동시에 네 휴대폰으로 저장도 가능하고』

'이게 과연 잘 작동할까? 국제 수사망에 포착되는 건 아닐까?'

민재는 지수에게 앱을 설치하게 한 후, 그 앱의 외부 해킹이 발생하진
않는지 끊임없이 모니터링 해야 했다.

늦은 고백

밤늦은 시각. 애린은 임종 방에서 삶의 마지막을 맞이하려는 남자 곁에 있다. 그 남성의 이름은 지석. 애린 외에 그의 임종을 지키는 사람은 아무도 없었다. 지석의 얼굴은 몹시 창백했다. 그의 머리맡에는 어린 시절 보육원에서 애린과 함께 찍은 빛바랜 사진이 놓여 있다. 그는 가슴을 들썩였고, 숨을 힘겹게 몰아 뱉었다.

"약을 좀 더 넣어 주세요. 아끼지 말고요."

애린의 요청에 간호사는 펜타닐을 처음으로 투약했다. 지석은 오른손을 들어 산소호흡기에 갖다 대었다. 그의 입에서 나온 김이 산소호흡기를 희뿌옇게 만들었다.

"불편해? 잠깐 뗄까?"

그가 고개를 끄덕이자, 애린은 남자의 입에서 산소호흡기를 잠시 뗐다. 그는 천천히 호흡을 가라앉혔다. 애린은 직감했다. 마지막이 얼마

남지 않았음을. 지석은 애린을 응시하며 말했다.

"여긴 어떻게 온 거야. 사고…. 소식…. 들었는데 괜찮은 거야?"

그는 숨이 이따금 끊기면서 힘겹게 그동안의 애린의 안부를 물었다.

"오빠. 저 이렇게 아무렇지도 않아요. 깨끗하게 다 나았어요. 오빠도 깨끗하게 나을 거예요."

애린은 지석의 건조하고도 마른 손을 잡았다.

"와… 줘서… 고마워…. 내… 곁엔… 역시… 사랑하는… 내 동생, 애린, 애린, 애린뿐이네…."
"오빠……!"

애린의 눈에 뜨거운 눈물이 솟구쳤다. 말을 마친 남성은 눈을 감았고, 숨을 거두었다. 장례는 따로 치르지 않았다. 애린은 현철에게서 받은 돈으로 남성의 마지막 병원비를 정산했다. 특별히 정리할 유품은 없었다. 사진 액자 외에는.

『현철 씨 덕분에 오빠를 좋은 곳으로 보내드렸어요. 다 마무리했어요.

이제 곧 한국으로 들어갈게요. 들어가서 연락드릴게요』

* * * * * *　*　* * * * * *

강남의 모처에서 민재와 재은이 만났다. 민재는 재은은 단번에 알아봤다. 단정하게 떨어지는 보니 컷, 희고 고운 피부, 긴 눈과 길쭉한 코. 고등학교 시절 재은의 모습 그대로다.

"반가워. 그동안 잘 지냈어?"

재은이 먼저 민재에게 인사했다. 재은의 인사에 민재는 짧게 "응."이라고 말했다.

"궁금한 게 정말 많았는데, 뭐부터 물어봐야 할지 모르겠어." 민재가 계속해서 말했다.
"그동안 어떻게 살았는지 천천히 다 얘기하자. 오늘 시간 많아." 재은이 답했다.

"몸은 다 나은 거야? 너 매달 신장투석 받았었잖아." 민재가 재은의 얼굴을 이리저리 살피며 물었다.
"기억력 좋네."

"내가 그걸 어떻게 잊어."

"걱정해 줘서 고마워. 지금은 완전히 나았어. 아주 건강해. 이제 더는 투석은 받지 않아. 십 년도 더 됐어. 투석 안 한 지는."

"정말? 정말 다행이야. 어떻게 다 나은 거야? 미국에서 꾸준히 치료를 받은 거야?"

"병 치료를 위해, 미국에 갔었어. 그곳에서 신장 이식 수술까지 받았어."

"정말 다행이야. 신장 이식 수술은 어떻게 받게 된 거야? 미국에서 공여자가 있었어?"

"응. 천만다행으로."

"아. 그랬구나. 엄마는? 엄마는 건강하시고?"

"응. 엄마도 건강하게 잘 지내셔."

"다행이다. 아빠는? 아빠도 잘 지내시고?"

"아빠는 암으로 돌아가셨어. 삼 년 전쯤."

"그랬구나. 미안. 힘든 기억을 떠올리게 해서."

"괜찮아, 이젠. 아무렇지도 않아."

둘 사이 어색한 침묵이 감돌았다. 민재는 무슨 말로 대화를 이어가야 할지 몰랐다. 이미 결혼한 재은에게 학창 시절의 호감을 회상하며 대화를 이어 가는 것도 적절치 않다는 생각이 들었다. 재은이 침묵을 깨고 민재에게 물었다.

"결혼했어?"
"아니. 아직 미혼이야. 얘기 들었어. 넌 결혼했고, 아들도 있다고."

"왜 아직 안 했어?"
"그렇게 됐어. 살다 보니."

"계획은 있고?"

재은의 질문에 민재는 한참을 생각했다. 자신이 지금까지 왜 결혼을 하지 못했는지를. 민재는 재은에게 제 생각을 숨기지 않고 솔직하게 얘기하는 게 낫다고 판단했다.

"나, 너를 정말 많이 좋아했었어. 널 처음 보았을 때부터, 네가 너무 좋았어. 네가 너무 예뻤고, 어떤 대화도 좋았었어. 너와 나누는 대화라면."

갑작스러운 고백에 재은은 민재를 빤히 쳐다보았다. 민재가 계속해서 말했다.

"내가 너에 대해서 가장 걱정했던 부분이었는데, 이제는 다 나았다고
하니 정말 다행이라고 생각해."
"정말 그게 다야? 나에게 하고 싶은 말이?" 재은이 민재에게 물었다.

"너와 흐지부지 헤어지고 나서, 난 아무것도 할 수 없었어. 매일매일
네 생각이 내 머릿속을 헤집고 다니는 게 너무 고통스러웠어. 심지어 하
나님께 이런 기도도 했어. 내 머릿속을 완전히 비워 달라고. 추억이란 추
억은 모두 깨끗이 삭제시켜 달라고. 자책과 미련이 머릿속을 떠나지 않
았어. 난 그때 왜 너를 다시 찾아가 제대로 나의 마음을 고백하지 못했을
까. 수천 번, 수만 번을 되뇌었어. 시간이 지나면 괜찮을 줄 알았는데, 일
년, 이년, 삼 년…. 십 년이 흘러도, 이십 년이 흘러도, 잊지 못하겠더라.
유재은이라는 이름 석 자를. 첫사랑의 기억이 너무 강렬해서 아직 결혼
을 못 했다고 말하면 그 말을 믿을 사람이 아무도 없을 것 같아서, 그렇
게는 못 말하겠어. 근데, 이제 내가 네 앞에 서게 되었네. 신기해. 다시는
못 만날 줄 알았거든."

  말을 마친 민재의 입가의 떨림이 재은에게도 느껴졌다. 타들어 가는
목마름에 재은은 어느새 손에 든 커피를 모두 마셨다.

"이제, 내게 고백하는 거야? 이십삼 년이 흐른 지금?" 재은이 민재에게 물었다.

"응. 맞아. 고백. 방금 네게 한 말. 고백이야. 누구에게도 하지 못했던. 그런데 이상하게 마음이 편안하네. 네가 결혼했다는 소식을 들었을 때."

"왜? 난 이제 너의 고백을 받을 수 없는 사람이 되었는데."

"이제 와서 설마 내가 너의 마음을 바라? 난 그저 '네가 건강하게 잘 지냈구나'라는 생각이 들어서 마음이 편해진 거야. 건강해진 네가 내 앞에 있다는 것 그것 하나만으로 난 이미 만족해."

"민재야. 미안해." 재은이 왈칵 눈물을 쏟았다. "왜 이러지. 왜 눈물이 나지?" 재은은 앞에 놓인 냅킨으로 눈가를 쓱쓱 닦았다.

민재는 재은의 예상치 못한 눈물에 몸 둘 바를 몰랐다. 눈물을 닦는 재은을 한동안 안쓰럽게 지켜보았다. 한참을 눈물을 흘린 후, 재은이 말했다.

"미안해. 그때, 네 마음을 외면해서. 네가 나에 대해서 안 좋은 말을 했기 때문에 너와 멀어진 건 절대 아니었어. 나 그 정도로 속 좁은 사람 아니야. 그때 난 나로 인해서 누군가가 슬퍼지는 걸 원치 않았어. 그때 난 평범하지 않았었잖아. 몸이 아주 아팠었고, 그 몸으로 얼마나 더 살 수 있을지 확신이 없었어. 미국에 간 이후에 나도 네 생각 정말 많이 했어. 네가 내 삐삐에 녹음한 음악을 듣고 또 들었어. 녹음된 너의 목소리도.

너의 숨소리도. 미국으로 갔을 때, 너에게 연락처를 알려 주지 않아서, 너로부터 연락이 올 거로 생각하지 않았지만, 한편으로는 몹시 후회했어. 그래도 너한테만큼은 내 연락처를 알려 줄 걸 하면서. 난 정말 바보처럼 기다렸어. 행여라도 너로부터 연락이 오기를. 네가 어떻게라도 내 연락처를 알아내서 나한테 연락을 하기를. 정말 바보스럽지?"

재은이 계속 말했다.

"기억나니? 친구를 사귀는 게 어렵다고 했었던 말. 아빠의 직업이 군인이라서, 어려서부터 이사를 자주 다녔기 때문에, 친해질 만하면 헤어지는 게 반복되어 친구 사귀기가 두렵다고 했던 말."
"기억나. 그래서 이제는 친구를 잃고 싶지 않다는 말도 했었지."

"다 기억하는구나."
"모두가 내 잘못이야. 난 마음을 표현하는 데 서툴렀어. 상처는 나만 받은 줄로만 알았지, 내가 너에게 상처를 준 것도 알지 못했어. 하지만, 이제는 알아. 우리의 첫 만남은 내게 운명처럼 다가왔지만, 헤어짐도 운명처럼 다가온 거로 생각할 거야. 그리고 너와 나 둘 중 한 사람이라도 행복한 가정을 이룬 것에 만족하고."

둘은 커피숍을 나왔다.

"재은아. 오늘 나와 줘서 고마워. 오랜 세월이 흘렀지만, 너의 마음을 알게 해 줘서 고마워."

"나도 그래, 민재야. 그리고…. 우리 예전처럼 친구로 지낼 수 있을까? 편하게 연락하고 받으며 얘기하는 그런 친구."

"그래도 돼?"

"응."

"참, 아까 미처 물어보지 못한 게 있어."

"뭔데, 말해 봐."

"미국에서 신장 이식을 받았다고 했잖아. 어떻게 신장 이식을 받게 된 거야? 누구로부터?"

"당시 미국에서 수업을 함께 들으며 알게 된 친구로부터. 지금 결혼한 남편이 바로 내게 신장을 준 사람이야."

"정말 특별한 인연이구나."

"그렇지? 정말 특별한 사람이지?"

"응. 네게 생명과도 같은 사람이네."

"그 사람, 지금도 내게 참 잘해."

"네가 좋은 사람을 만나서 정말 다행이야."

민재와 헤어진 재은은 집으로 돌아가는 길에, 23년 전 느꼈던 설렘과 떨림을 느꼈다. 그리고 민재와 결혼했다면 삶이 어떻게 바뀌었을까 생각했다. 민재에게 자신의 남편에 대해 말한 것 사실이 아니었다. 남편이 자신에게 신장을 이식해 줬다는 것도, 남편이 자신에게 잘해 준다는 것도. 하지만 재은은 민재에게 그렇게 말하고 싶었다. 더는 자신에 대하여 어떠한 걱정도 하지 않도록.

* * * * * * * * * * * * *

처음엔 희망퇴직을 신청하는 직원이 거의 없었으나, 강제 구조조정 계획이 발표되자 신청자가 급격하게 늘었다. 강제 구조조정이 시행될 경우, 희망퇴직 시 받을 위로금의 절반 정도밖에 받을 수 없다. 이에 성과가 저조한 직원들의 희망퇴직 신청이 늘어난 것이다. 지수의 팀 내에서도 최종적으로 두 명이 희망퇴직을 신청했다. 계약직으로 고용된 민재도 구조조정의 대상이 되어 해고 통지를 받았다. 지수는 민재를 위로하기 위해 따로 만났다.

"오랫동안 함께 일하고 싶었는데 참 아쉬워. 어떤 식으로든 내가 도움이 되지 못해서 미안해."

"네가 왜 미안해, 지수야. 난 괜찮아. 이쪽 바닥은 이직과 채용이 워낙 빈번해. 내 걱정은 안 해도 돼."

"혹시 회사에서 채용계획이 다시 생기면 꼭 연락할게."
"고맙다. 참, 지난번에 감청 앱 설치한 거. 남편 핸드폰이라고 그랬던 거 같은데. 별일 없는 거지?"

"설치만 했고, 아직 듣진 않았어. 도저히 들을 용기가 나지 않아."
"그럼 삭제해. 그걸 설치한 후에 후회스러웠어. 내가 괜한 부탁을 들어준 것 같아서. 그게 불화의 시작이 될 수도 있잖아. 오해를 만들 수도 있는 거고."

"아니. 내가 알아서 할게. 신뢰할 수 없는 관계를 이어가는 그것만큼 괴로운 건 없어."
"그래, 알겠어. 무슨 계기가 있었던 거야?"

"있긴 한데, 뚜렷한 건 아니야. 그래서 확실한 증거를 잡으려고."
"증거를 잡으면 어떻게 할 건데?"

"나도 잘 모르겠어. 증거가 나오질 않길 바랄 뿐."
"네가 말하는 증거. 어떤 증거를 의미하는 건지 물어봐도 돼? 대답하기

곤란하면 얘기 안 해도 되고."

"내가 세운 기준이 있어. 흔히들 말하는 외도, 육체적 관계 그런 거 아니야. 그런 건 용서할 수 있어. 성욕에 끌리면 그럴 수 있어. 하지만 절대 용납되지 않는 게 있는 건 나 외에 다른 사람과 정서적 유대감과 친밀함을 공유하는 거야. 그것도 애틋하게. 그런 사이만 아니라면 그 사람을 용서할 수 있어. 얼마나 관계를 맺었든 간에."

"평소 남편과 대화는 자주 하는 편이야?"

"예전엔 그랬어. 그런데 지금은 아니야."

"서로에게 익숙해져 있어서 그런 걸까? 아니면 관심이 사라져서?"

"둘 다인 것 같아. 남편은 내게 궁금해하지 않아. 내가 어떻게 하루를 보내는지 누굴 만나는지 등등."

"넌 어떤데?"

"사실 나도 그래. 서로에 대한 애정이 식은 것은 당사자인 내가 먼저 느껴. 하지만 난 그것을 이성적으로 거부하고 싶은 거지. 결혼 생활을 계속해나가는 이유를 찾고 싶은데, 그게 잘 안되네. 계속 함께 살아야 할 이유보다, 헤어져야 할 이유를 찾는 게 더 쉬울 것 같은 불길한 생각도 들어. 결혼도 하지 않은 너에게 내가 이런 말까지 하네. 난 너한테 어떤 상담을 받고 싶어서 이러는 걸까."

****** * ******

지수는 고심 끝에 현종표 대표에게 연락을 취했다.

"안녕하세요, 최 부장님. 제게 전화를 다 주시고. 혹시 마음이 바뀌셨습니까? 최 부장님께서만 오케이 하신다면, 그 자리는 아직도 열려 있습니다."
"저. 그것 때문에 전화를 드린 건 아닙니다."

"그럼 무슨 일로."
"혹시 매티스실업에 영업 실무자 자리는 없나요? 과, 차장급 포지션으로요."

"최 부장님이 가실 자리 찾는 건 아닐 테고. 누굴 추천하시려는 건가요?"
"네. 최근까지 제 팀에서 일했던 직원들입니다. 두 명이고요."

"확인해 봐야겠는데요. 지금 확답을 드리긴 어렵겠네요."
"정말 열심히 일했던 직원들입니다. 퍼포먼스도 좋았고요. 제가 보증합니다. 혹시 추천서가 필요하시다면, 써 드리겠습니다. 꼭 부탁드립니다."

"알겠습니다. 매티스는 요즘 국내 해외 가릴 것 없이 사업을 공격적으로 진행하고 있어서 자리는 분명히 있을 겁니다. 이른 시일 안 연락드리겠습니다."

＊＊＊＊＊＊ ＊ ＊＊＊＊＊＊＊

이변은 없었다. 한국 수학올림피아드 대회에서 민영은 금상을, 소민은 은상을 수상했다. 민영은 국제수학올림피아드 대회를 계속 준비했지만, 소민은 첫 시험에 은상을 끝으로 수학올림피아드 대회를 더는 준비하지 않았다. 지수도 소민의 의사를 존중했다. 소민은 한국 수학올림피아드 대회를 끝으로 수학 학원을 그만두었다.

"금상 축하해. 당연한 결과지만."
"너도 은상 받은 거 축하해. 고생 많았어, 소민아. 네가 수학 학원을 그만둔다는 얘기를 들었어. 그래도 과고 준비는 계속할 거지?"

"일반 고등학교에 진학하기로 했어."
"왜? 네 점수로 충분히 갈 수 있잖아?"

"턱걸이로 가기야 하겠지. 하지만, 가서 내가 잘 적응할 수 있을까? 난 내 실력을 알아. 거기서 크게 뒤처질 거야."

"그건 아무도 모르지. 왜 그걸 미리부터 걱정해? 과학고에 가야 우리가 원하는 걸 확실히 얻을 수 있어."

"의사에 대한 꿈은 아직 버리지 않았어. 과학고에 가지 않을 뿐 그 목표마저 버린 건 아니야."
"그럼 과고 준비 학원도 그만두는 거야?"

"응."
"아주 섭섭한데."

"우리 핸드폰 있잖아. 계속 연락하면 되지, 안 그래? 공부하다가 잠시 쉬고 싶을 때 전화해. 아무 때나. 네 전화라면 자다가도 받을게."
"그래. 그래도 밤 12시 넘어서는 전화하지 않을게."

"참, 엄마가 너 우리 집으로 초대하고 싶다고 하셨어. 맛있는 음식 만들어 주신다고."
"와, 정말?"

"응. 언제 올래?"
"내가 맞춰야지. 어머니께 고맙다고 전해 줘. 날짜 정해 주시면 그 날짜에 맞추겠다고 말씀드리고, 알겠지?"

감청

찬식이 재은을 자신이 근무하는 병원 근처로 어느 카페로 불러냈다. 찬식은 재은에게 서류 봉투를 내밀었다. 합의이혼 신청서다.

"재산은 똑같이 반반으로 나눠. 민영이 친권도 당신이 원하는 대로 할게. 당신에게 절대 불리한 조건 아니니까 현명하게 결정해 주면 좋겠어." 찬식이 재은에게 말했다.

"꼭 이렇게까지 해야 해? 내가 더 잘하겠다고 했잖아." 재은이 찬식의 손을 잡으며 말했다.

찬식은 재은의 손을 뿌리치며, "당신도 나랑 살고 싶지 않잖아. 현실적으로 접근해, 우리 사이."라고 말했다.

"재산 분할? 지금 우리가 사는 집은 어떻게 할 거야? 처분해서 나누기라도 할 거야?" 재은이 물었다.

"그래도 상관은 없지만, 집값이 계속 오르는 추세니, 그건 좋은 방법이 아닐 것 같아. 당신이 매그니스에서 계속 살고 싶으면, 그 집을 포함해서 당신 몫으로 해도 돼. 여기 이혼 서류에 도장만 찍으면 당신이 원하는 쪽으로 해줄게. 그건 걱정하지 마."

"마치 많이 양보하는 것처럼 얘기하네."

"그럼, 여기서 뭘 더 양보해?" 찬식이 재은을 노려보며 말했다.

"뭐가 그렇게 급한데. 민영이 대학 입학할 때까지만이라도 기다려 주면 안 될까? 민영이 지금 가장 민감한 시기야. 민영이를 혼란스럽게 만들고 싶지 않아. 수능까지 딱 삼 년 남았어. 우리 그때까지만 기다리자."

"민영인 당신이 생각하는 것처럼 감정에 흔들리는 아이가 아니야. 삼 년이란 시간은 길어. 나도 다 계획이 있다고."

"도대체 그 계획이라는 게 뭔데?"

"내가 그걸 왜 당신에게 이야기해야 하지?" 찬식이 싸늘하게 되받아쳤다.

"민영이 미래가 달린 일이야. 그리고, 우리 이혼이 합의이혼이 될지, 이혼 소송이 될지 모르기도 하고."

"뭐? 이혼 소송?"

재은이 언급한 이혼 소송이라는 말에 찬식이 발끈했다.

"당신이 왜 그렇게 이혼을 서두르려고 하는지 알아야겠어. 이유가 뭐야?" 재은이 찬식에게 물었다.

"당신과 같은 공간에 함께 있고 싶지 않아. 다른 이유 없어."

"우린 지금도 남남처럼 살고 있잖아. 이혼한 거와 뭐가 달라?"

"당신은 여전히 내 명의 카드와 내가 번 돈을 쓰고 있어. 그것도 싫어. 내가 당신이라면, 자존심 상해서라도 안 쓰겠어. 당신은 날 이용할 뿐이야. 결혼이라는 계약으로."

"내가 그렇게 싫어? 내가 왜 싫은 거지?"

"많지. 당신이 싫은 이유. 당신이 내 삶에 이리저리 간섭하는 것부터 싫어. 나에 대해서 뭘 안다고. 몇 년 전부터 깨달은 게 있어. 난 집 밖에서 가장 잘 지낸다는 걸. 내가 만나는 모든 사람은 날 존중하지만, 오직 당신만은 그렇지 않지. 내게서 단점만 찾으려 하고, 다른 사람들과 비교해 날 무시하고. 내가 왜 그런 저평가를 받아야 하지? 그래서 당신에게 보여 주고 싶어. 당신을 떠나서 내가 얼마나 잘 살 수 있는지. 행복할 수 있는지."

"미안해, 여보. 당신 삶에 더는 간섭하지 않을게. 집에서 아무 말도 안 하고 가만히 있을게. 당신이 원하는 대로 할 테니, 이혼만은 하지 말자. 나 말고 민영이를 위해서 결정해 줘."

"뭐든지 할 수 있다고?"

"그래."

찬식은 잠시 곰곰이 생각하더니, 다시 말했다.

"알았어. 민영이 대학 입학한 후엔 이혼하는 거로 해. 하지만, 실질적
인 관계 정리는 지금부터야."
"고마워."

"오늘부터 당신이 가지고 있는 내 카드. 모두 정지할 거야. 필요한 생
활비, 민영이 교육비는 당신 통장으로 입금할 거야. 그리고 별일이 없는
한 난 집에 안 들어올 거고. 알겠지? 어차피 우리 관계는 파탄이 난 거니
까, 당신도 피차 내 얼굴 보고 싶지 않을 거 아니야. 나도 그렇고."
"집에 안 들어오면 어디서 잘 건데? 병원?"

"내가 그걸 당신에게 말해야 할 의무 없어. 선 넘지 마."
"민영이에게는 어떻게 말해?"

"일 때문에 병원에서 산다고 말해."
"알았어. 그렇게 할게. 참, 민영이 말이야. 이번에 한국 수학올림피아

드 대화에서 금상을 탔어. 그것도 모든 문제를 다 맞혀서. 정말 대견하지. 민영이 실력이면 국제수학올림피아드도 문제가 될 것이 없대. 우리 일은 우리 일이지만, 민영이가 우리 때문에 상처를 받고 무너지면 안 돼. 당신이 민영이 아빠라면, 민영이에게만큼은 잘했으면 좋겠어. 민영인 사랑과 관심이 필요한 아이야."

"민영이 앞세워서 나를 가르치려 들지 마. 민영이 잘 키웠다는 공을 인정받고 싶은 거잖아."
"그게 무슨 소리야. 내가 민영이 앞세운다는 말이?"

"민영이 혹사해서 금상 타게 하고, 의대 보내고 싶은 거잖아. 당신의 아바타로 만들어서. 당신이 민영이에게 바라는 게 그거 아니야. 당신이 못했던 거 실현하는 수단으로. 그게 얼마나 비참한 건지 알아? 당신 의대 가고 싶어 했는데, 실력이 안 돼서 간호학을 공부한 거잖아."
"날 계속 모독하지 마. 내가 당신을 무시했다고? 무시하는 건 언제나 당신이었어!" 재은은 앞에 놓인 봉투를 찬식 얼굴에 던지며 카페를 나갔다.

* * * * * * * * * * * * *

지수의 사무실. 주문했던 무선 이어폰을 택배로 받았다. 감청 앱을 열어 활성화했다. 지수는 현철이 송수신하는 음성통화를 들을 수 있게 되었어. 그뿐만 아니라, 상대방의 전화번호까지 확인하는 것도 가능했고, 송수신지 설정 필터링을 통해 선별적으로 감청하는 기능도 있었다.

전화 대부분은 병원 관계자들이다. 통화 시간이 삼분을 채 넘지 않는 업무상 통화. 업무상 오는 연락처의 경우, 사전에 필터링 되도록 했다. 열 개정도의 전화번호를 필터링해 두니, 한동안 감청할 내용이 없었다.

'혹시 사적인 통화는 사무실 전화로 하는 건가?'

마침, 소민에게서 문자가 왔다.

『오늘 민영이 초대해도 돼? 저녁 말이야』
『오늘은 엄마가 회사에 일이 있어서 어렵겠어. 대신 내일 저녁은 괜찮아. 내일이 어떨지 물어봐』

『아마 괜찮을 거야』
『그런데 민영이가 뭘 좋아하는지 모르겠네』

『떡볶이 어때?』
『겨우 떡볶이? 떡볶이로 때우면, 민영이 엄마한테 욕먹는다. 엄마가 알아서 준비할게. 참, 민영이에게 물어봐. 민영이 엄마도 올 수 있는지.

시간은 저녁 7시』

『알았어』

몇 시간 후, 소민에게서 답장이 왔다.

『내일 좋대. 민영이 엄마도 오겠대』
『굿』

＊＊＊＊＊＊ ＊ ＊＊＊＊＊＊

재은과 헤어진 찬식은 곧바로 변호사 사무실을 찾았다. 담당 변호사가
말했다.

"별거에 합의하셨군요. 제가 이 분야 전문입니다. 그 기간에 유책 사유
를 만들지 않는 게 중요합니다. 쉽게 말해서, 외도를 들키지 말아야 합니
다. 잘 아시겠지만, 외도가 확인되면 합의이혼은 불가능해요. 결국, 소송
으로 가는 건데, 재산 분할에서 많이 불리해집니다. 일단 전화번호부터
새로 개통하시고, 이동 시 미행이 붙는지도 조심하세요."
"미행을 조심하라고요. 설마 그렇게까지 할까요?"

"대부분 합니다. 카드는 어떻게 했나요?"
"조금 전에 모두 취소했습니다."

"잘하셨네요."
"참, 전화번호를 바꾸면 아내와는 어떻게 연락을 주고받습니까?"

"요즘 연락 수단이 어디 전화뿐이겠습니다. 이메일도 있고, 카톡도 있
잖아요. 쓰시던 휴대전화는 없애는 게 좋아요. 거기 선생님의 기록이 다
남아 있거든요. 저라면 없앨 것 같습니다."
"경험에서 우러나온 말씀입니까?"

"뭐, 말씀드렸잖아요. 제가 이 분야 전문이라고."

찬식은 변호사의 말에 강한 믿음이 갔다.

상담을 마친 찬식은 곧바로 병원으로 갔다.

＊＊＊＊＊＊　＊　＊＊＊＊＊＊

지수는 서무직원을 호출해 물었다.

"공로패 제작은 다 되었어? 선물 준비는?"

"네. 둘 다 완료했습니다. 선물은 포장까지 했고요."

"수고했어요."

퇴근 후, 지수를 포함해 마케팅지원팀 인원들이 모두 모였다. 퇴직하는 직원 두 명을 위로하는 자리였다. 저녁을 간단히 마친 후, 2차 맥주 모임을 했다. 직원들 간 삼삼오오 모여 수다가 이어졌다. 모두 거나하게 마신 상태였다. 지수도 마찬가지였다. 지수는 준비해 둔 공로패와 선물을 해당 직원들에게 주었다.

"이별은 늘 준비 없이 맞이하는 것 같네요."

지수의 말에 분위기가 숙연해졌다. 지수가 계속 말을 이어 갔다.

"팀원들을 모두 직접 뽑은 팀장은 아마 저밖에 없을 거예요. 우리 회사에서. 이 자리에 계신 어떤 분들은 경력직으로 모셨고, 어떤 분들은 신입사원으로 모셔왔죠. 그때만 해도, 제 목에 힘이 참 많이 들어가 있었어요. 누군가를 채용할 권한이 제게 있다는 생각이 들어서였나 봐요. 그런데 이제는 제 의사에 반해 이별해야 하는 시기가 왔네요. 유능하지 못한 팀장, 삐걱거리는 회사를 만나게 해서 미안합니다. 정말 미안합니다."

모임이 모두 끝난 후, 지수는 안 차장과 한 과장을 따로 불러 물었다.

"혹시 다른 데서 연락 온 곳은 없고?"

두 직원은 말없이 고개를 가로저었다.

"나도 모든 인맥을 동원해서 이곳저곳 알아보고 있어. 되도록 서울, 경기 지역 내에서."
"고맙습니다. 말씀만으로도요. 부장님 잘못 아니니 너무 자책하지 마세요." 안 차장이 말했다. 그사이 한 과장은 지수를 대신해 택시를 호출했다.

"그동안 부장님과 함께 일해서 정말 즐거웠어요. 사실 업무 면에서 부장님을 만족시켜 드리는 게 쉽진 않았지만요. 하지만 부장님 밑에서 일하면서 정말 많은 것을 배웠어요. 혹시 알아요? 나중에 또 우리가 함께 일하게 될지요?"
"그럴지도 모르죠. 세상일 어떻게 바뀔지 아무도 모르는 거니까."

셋은 그렇게 마지막 인사를 나눴다. 택시를 타고 집으로 가는 도중, 지수의 핸드폰에서 감청 앱으로부터 알람이 떴다.

지수는 술에 몹시 취한 상태였지만, 핸드백에서 이어폰을 찾아 귀에 꽂았다. 젊은 여성의 목소리가 들렸다.

"인천에 도착했어요. 짧은 사이에 계절이 바뀐 것 같네요."

곧이어 현철의 목소리가 들렸다.

"고생 많았어요. 많이 피곤하겠네요."
"기내에서 푹 잤어요. 이렇게 개운하게 잔 적도 없었던 것 같아요."

"좋네요. 애린 씨. 응급 호출이 와서 내려가 봐야 해요. 자세한 얘기는 만나서 해요. 애린 씨도 조심히 들어가세요."

짧은 통화가 끝났다.

'애린 씨라. 저장된 이름은 주치의인데.'

집에 도착한 지수는 현철을 기다렸다. 오래지 않아 현철도 집에 들어왔다. 현철의 손에 얇은 책이 들려 있다.

"안 잤어?" 현철은 거실에 나와 있는 지수를 향해 말하며, 안방으로 들어갔다.

지수도 안방으로 들어갔다.

"책 뭐야?"
"수필."

"당신 책 잘 안 읽잖아. 무슨 바람이 불어서?"
"선물 받은 거야." 현철이 대충 둘러댔다.

"누구한테?"
"아는 사람한테."

"설마 지난번 당신과 영화관에서 만났던 그 여자가 준 건 아니겠지?"
"아니야. 친구한테서 받은 거야."

"친구 누구?"
"당신이 내 친구를 다 알아? 찬식이라고, 있어. 대학 친구."

"아, 그래?"
"당신 오늘 술 마셨어? 입에서, 몸에서 냄새가 심하게 나. 저리 가. 얼른 가서 씻어."

"좀 마셨어. 회사에 일이 있어서."
"무슨 일? 누가 당신에게 술을 강요하는 사람이 있어?"

"강요하긴. 내가 마신 거지. 내 의지로."
"술도 잘 못 마시는 사람이."

"우리 오래간만에 한잔할까?"
"뭐? 더? 당신 왜 그래? 회사에 무슨 안 좋은 일 있는 거야?"

"안 좋은 일이 있긴 있었지. 근데 그것 때문에 그런 건 아니야."
"그럼 왜? 평소 당신답지 않게."

"평소 나답지 않게? 나다운 게 뭐지? 난 잘 모르겠어."
"당신 취했어. 나중에 맨정신에 다시 얘기하자. 얼른 씻고 와. 내가 시원하게 수액 한 병 놔줄게."

"맨정신에 얘기하자고? 내가 무슨 말을 할 줄 알고."
"무슨 말이긴. 들어보나 마나 주사(酒邪)겠지."

"알았어. 얼른 수액이나 놔."

현철은 능숙하게 지수의 팔에 수액 주사를 놓았다.

"씻고 자는 건 글렀네. 당신은 그냥 자. 다 되면 내가 알아서 뺄 테니까." 현철이 지수에게 말했다.

수액이 혈관을 타고 들어가자 지수의 머리가 점점 맑아졌고 컨디션도 한결 좋아졌다.

침대에 누운 지수가 곁에 앉은 현철에게 말했다.

"당신 말이야. 이렇게 주사 놔주니까, 당신이 내 주치의 같네. 이게 얼마 만이야, 나한테 이렇게 수액 놔 준 게."
"내일 아침 되면, 멀쩡해질 거야. 오늘 술 한 잔도 하지 않은 것처럼. 근데 술은 왜 이렇게 많이 마신 거야? 회사 일이 잘 안 풀려?"

"응. 세상만사가 내 뜻대로 되는 게 아무것도 없네."
"다 그렇지 뭐. 자책하지 마."

"자책하지 말라는 말처럼 무책임한 말도 없어. 뭔가 꼬인 것 같고, 안

풀리는데 자책하지 말라니. 그런다고 문제가 해결돼?"

"말꼬리 잡지 말고 어서 자. 진짜 주사가 시작된 거 같네. 회사 일 힘들면, 휴직하든가 그만두든가. 당신 능력 있으니까 다른 회사로 옮기는 것도 어렵지 않을 거야."

"알았어. 낼 얘기해. 나 잘게."

불안

"딩동"

초인종 소리가 들리자 소민이 부리나케 달려 나가 문을 열었다. "어서 오세요!"

소민이 활짝 웃으며 재은과 민영을 맞았다. 지수도 버선발로 현관까지 뛰어나갔다.

"잘 왔어. 우리 이렇게 살아."
"초대해 줘서 고마워."

지수는 재은과 민영을 거실로 안내했다. 지수가 사는 곳은 학동의 어느 고층 아파트 펜트하우스. 현관에서 시작된 고급 대리석 바닥이 복도를 지나 테라스까지 연결될 정도로 넓었다. 연결 통로 천정에는 영롱하게 빛나는 샹들리에가 달려 있었다.

"집이 좀 더럽지? 집 정리를 잘하지 못하고 살아. 맞벌이하느라." 지수가 재은을 보며 말했다.

거실로 이어지는 복도에는 가족사진이 걸려 있다. 소민의 백일 사진부터 현재까지 성장한 모습도 보인다. 사진의 공통점은, 모두 해맑게 웃고 있다는 것이다.

"완전 궁전에서 사네. 집이 정말 좋아. 넓고 쾌적해."

재은은 집을 좀 더 구경하고 싶었다. 그 마음을 눈치챘는지, 지수는 재은을 데리고 집 이곳저곳을 안내했다. 그 옆에 소민과 민영도 있었다.

"너 정말 안목 있다. 실내장식이 어쩜 이렇게 다 고급스럽니. 다 네가 직접 한 거 맞지?"

재은이 정말 놀란 것은 테라스에 설치된 미니 수영장이다.

"학동에 이렇게 웅장하고 화려한 아파트가 있는 줄 몰랐어. 한 개 층 전체 맞지?"
"응. 처음부터 이렇게 설계되어 나온 유일한 집이야."

"정말 훌륭하다."

"너무 그러지 마. 아직 이 집 절반이 은행 빚이야." 지수가 멋쩍은 표정을 지으며 말했다.

"금방 갚겠지. 너나 네 남편이나 상위 0.1%일 텐데, 안 그래?"

"요즘 날씨가 좀 쌀쌀해져서, 식사는 테라스 말고 다이닝 룸에서 하는 게 좋겠어. 준비는 거의 다 끝나가. 다 끝나면 부를 테니까, 천천히 더 구경해."

지수는 부엌으로 갔다. 재은은 거실로 가 소파에 앉았다. 그 사이 소민과 민영은 각자 바나나 우유를 챙겨 들고 서재로 가서 책을 꺼내 보며 대화를 나눴다.

"공부 잘돼?" 소민이 민영에게 물었다.

"그럭저럭. 너는?"

"나도 그래. 요즘 내가 느끼는 건, 엄마와 아빠가 얼마나 치열하게 살아왔을까야. 특히 아빠. 아빠는 의대에 가려고 얼마나 많은 공부를 했을까. 늘 전교 1등을 도맡아 했고, 전국에서도 최상위권이었대. 그렇게 해야지 의대를 가는 거겠지?"

"아마도."

"우리도 재수 없이 의대에 진학할 수 있을까? 난 재수하는 거 정말 싫거든."

"난 요즘 의대에 가야 할지 고민이야."

"왜?"

"난 의학보다도 물리가 훨씬 재미있거든."

"우린 아직 의학을 공부하지도 않았어."

"맞아. 난 의학에 대해 모르지. 근데 확실한 건, 물리를 공부할 때가 가장 재미있어. 시간 가는 줄 모르겠고."

"그럼 물리학과를 가야지. 의예과가 아니라."

"그러고 싶은데."

"너희 엄마 때문이야?"

"응."

"설득이 잘 안돼?"

"그런 차원이 아니야."

"그럼 뭔데?"

"그냥 내 마음에 담아 둘 수밖에 없는 상황이랄까. 엄마가 무엇을 원하시는지 내가 뻔히 아는데, 엄마에게 내가 하고 싶은 걸 하겠다고 말하기 어려워서 그래."

"엄마가 많은 부담을 주니?"
"아니. 난 엄마가 내게 부담을 준다고 절대 생각하지 않아. 그냥 엄마가 안타까워서 그러는 거야. 엄마가 날 얼마나 사랑하시는지 알기 때문에. 그래서 그래. 사랑하는 사람의 마음을 흔들고 싶지 않은 거."

"넌 보면 볼수록 신기해."
"내가 왜? 어째서?"

"확실히 달라. 우리 또래 남자애들과는. 넌 엄마를 닮은 거니, 아빠를 닮은 거니?"

"난…. 누굴 닮은 걸까."

잠시 후, 현관문이 열렸다.

'어? 손님이 와 계신가?'

낯선 인기척에 놀란 현철이 거실로 들어섰다. 소파에 앉아 있는 재은을 보고 현철이 환하게 웃으며 말을 걸었다.

"안녕하세요? 재은 씨 아니세요? 저 기억하시죠? 찬식이 대학원 친구 현철입니다."
"박현철 박사님?" 재은이 놀란 눈으로 현철을 맞이할 때, 지수가 왔다.

"두 사람이 아는 사이였어? 재은이는 소민이 친구 엄마야. 내 고등학교 동창이기도 하고." 지수의 설명에 재은과 현철이 놀라운 표정을 지었다.

현철은 지수에게 UC얼바인 유학 시절 찬식과 재은의 어떻게 결혼했는지 설명했다. 지수와 재은도 그들이 기억하는 고등학교 시절의 추억을 떠올리며, 함께 웃었다. 다섯 명은 즐겁게 바비큐를 먹었다.

"우리의 인연이 정말 특별하긴 특별한가 봐. 찬식도 함께했으면 좋았을 텐데." 현철이 말했다.
"지금이라도 불러." 지수가 현철을 보며 말했다.

현철이 찬식을 불러도 될지 재은의 눈빛을 보며 무언으로 물어보자, 재은은 "불러도 못 올 거예요. 요즘 그이가 좀 바빠서요."라고 말했다.
"그럼 다음에 부르지. 날은 많으니까. 아니면, 그때는 재은이네 집에서 만나도 되고, 그렇지?" 지수가 재은을 보며 물었다.

재은은 "다음엔 우리 집에 초대하고 싶네."라고 화답했다.

식사를 마친 후, 소민과 민영은 서재에서 게임을 했고, 지수, 재은, 현철은 테라스로 자리를 옮겨 샤또 마고(Chateau Margaux)를 열었다. 재은이 오늘 지수네 방문을 기념해 가져온 와인이다.

"이렇게 따뜻하고 편안한 집은 처음이야. 집 자체가 훌륭하기도 하지만 사는 사람들의 품격이 느껴져서 더 그런 거 같아." 재은이 말했다.
"넌 우리 가정에 대해서 너무 좋게만 말하고 있어. 오늘 특별히 손님이 와서 행복한 척하는 거야, 안 그래 여보?" 지수의 말에 현철이 멋쩍게 웃었다. 재은도 따라 웃었다.

"그렇게 말할 수 있다는 것도 좋아 보여." 재은이 말했다.
"왜 그래, 재은아. 새삼스럽게."

셋의 대화가 잠시 끊겼다. 지수는 침묵의 시간이 어색하지 않도록 잔잔한 음악을 틀었다. 한동안 셋은 음악을 들으며 와인을 마셨다.

"음악이 너무 처지는 것 같지 않아? 신나는 것도 틀어 볼까?"

지수의 제안에 재은은 "아니. 지금 듣고 있는 음악이 좋아."라고 말했다.

"현철 씨, 저 한 가지 부탁이 있어요." 재은이 현철을 향해 말했다.
"뭔데요?"

"수면제 처방해 줄 수 있어요? 제가 요즘 잠을 잘못 자서요."
"당신 응급의학과인데 수면제 처방 가능해?" 지수가 현철을 보며 물었다.

"가능은 한데."
현철은 재은을 보며 "전에 수면제를 복용한 적이 있어요?"라고 물었다.

"달고 살고 있죠. 이제는 수면제 없이 자는 게 힘들어요." 재은이 답했다.
"저런." 지수가 가늘게 한숨을 섞어 말했다. 현철은 재은이 왜 잠을 못이루는지 그 이유를 알 것도 같았다. 하지만 지수 앞에서 그 이유를 말하지 않았다.

"재은아, 남편도 알아?"
"남편은 몰라. 내가 얘길 안 했어."

지수도 재은을 추궁하기를 멈췄다.

"기존에 드시던 수면제는 어떤 거였나요?" 현철이 재은에게 물었다.

"졸피뎀 계열요."

"수면제 중에서도 가장 독한 걸 드셨군요."

"졸피뎀 아니면 잠이 오질 않아요. 이런 게 중독인가요?"

"그럴 수도 있고. 아닐 수도 있어요."

"제가 정신의학과 친구에게 부탁해서, 같은 계열로 한 통 구해 드릴게요. 제가 이 분야의 전공의가 아니라서 자세히 말씀드리긴 어렵지만, 재은 씨 스스로 해결하려고 하기보다는 전문적인 도움을 받으시는 게 좋을 것 같습니다. 찬식에게도 꼭 말하고요. 그대로 두시면 정말 위험해요."

재은은 소민의 방도 구경했다. 소민이 재은과 민영을 자신의 방으로 안내했다. 은은한 분홍색과 흰색으로 아늑하게 꾸며진 침대와 그 위 캐노피, 벽면에 걸린 어릴 적 사진들이 눈에 들어왔다. 한쪽 벽면엔 아기자기한 인형들이 전시된 진열대도 보였다. 높은 층높이를 이용해 2층으로 분리된 다락으로 만들어진 상층부에는 책이 잔뜩 꽂혀 있다.

"소민이는 이렇게 사는구나. 참 예뻐. 정말 공주 공주 해. 분위기도 로맨틱하고. 나도 어릴 적에 아빠가 이렇게 방을 꾸며 주셨는데. 갑자기 그때로 돌아가고 싶어지네."

"엄마, 우리도 실내장식을 좀 바꿀까요? 화사하게요." 민영이 재은을 향해 말했다.

집 구경을 모두 마친 재은과 민영은 소민의 가족들과 작별 인사를 나눴다.

"오늘 여러 가지로 고마웠어요. 이제 저희는 가 볼게요."

재은과 민영이 청담동 집으로 돌아가는 길에서 재은이 민영에게 말했다.

"소민이네 집 정말 좋지?"
"네, 깜짝 놀랐어요. 소민이가 그렇게 좋은 집에서 살고 있을 줄을. 제게 생활 형편에 대해 일절 내색을 하지 않았거든요."

"엄마도 신기했어. 부럽기도 하고."
"뭐가요?"

"소민이네 집에서 저녁을 먹고, 와인을 마셨는데. 십 분 정도만 더 있으면 잠이 올 것 같았거든. 특히 아까 소민이 방에서. 눈이 스르르 감기더라고. 얼마나 편안하던지. 그 집 분위기가."
"저도 그랬어요. 소민이네 아저씨도, 아주머니도 따뜻한 분 같고. 너무 편안해요. 소민이도 그렇고. 소민이네나 우리나 사는 것도 비슷하고, 아빠 직업도 비슷한데 우리 가정은 왜 그 집과는 다르게 느껴질까요?"

민영의 질문에 재은은 대답하지 않았다. 질문에 대한 침묵은 대개 '그렇다'라는 의미로 통한다. 재은이 어떤 생각을 할지 훤히 알고 있을 민영이 계속해서 말했다.

"전 아빠가 변하길 기대하지 않아요. 그렇게 생각하니까 마음이 좀 편해요. 세상에는 이런 사람도 있고 저런 사람도 있고. 그렇잖아요. 소민이 아빠 같은 사람도 있고, 우리 아빠 같은 사람도 있고."
"너는 아빠를 이해할 수 있니?"

"이해하진 못해요. 그냥 받아들일 뿐이에요."
"엄마는 이해까지는 되는 것 같은데, 받아들이는 게 힘들구나. 늘 바쁜 사람이고, 자기 세계가 철저한 사람이라는 거 아는데. 다가가기엔 어려워. 넌 어떻게 아빠를 받아들이게 되었니?"

"아빠는 제게 필요한 사람이에요. 특히 경제적으로. 그래서 받아들이는 거예요."
"민영이도 언젠가 한 여자의 남편이 될 거고, 누군가의 아빠가 되겠지. 민영이는 어떤 남편, 어떤 아빠가 되고 싶니?"

"상처 주지 않는 남편, 상처 주지 않는 아빠요. 아빠는 입만 열면 상처를 주고, 입을 다물면 무관심 모드죠."

"하하하. 민영아, 어쩜 그렇게 정확히 표현하니? 아들 덕분에 모처럼 엄마가 웃는다."

"아빠는 왜 엄마에게 항상 차가울까요?"

"엄마가 무슨 잘못을 했겠지."

"엄마가요? 엄마가 무슨 잘못을 해요?"

"아빠의 마음을 이해하지 못한 잘못? 아니면, 아빠를 때로는 서운하게 한 잘못? 그것도 아니면, 사랑받지 못한 잘못? 그게 뭐든 상대방이 그렇게 느낀다면, 엄마가 무슨 잘못을 했겠지."

둘은 어느덧 청담동 집에 도착했다. 늦은 시각이었음에도 찬식은 들어오지 않았다. 침대에 누워 있는 재은 옆으로 민영이 슬며시 누우며 나지막이 말했다.

"엄마. 저도 알아요. 아빠가 엄마에게 이혼 통보한 거."

"어떻게 알았어? 아빠가 너한테 직접 말했니?" 재은이 깜짝 놀라 침대에서 벌떡 일어나 물었다.

"조금 전에 봤어요. 아빠 방에 놓인 합의이혼 신청서요. 대놓고 펼쳐져 있던데요."

"너 대학 가기 전까지는 절대 이혼은 없을 거야. 아빠하고도 그렇게 얘기 끝냈어. 넌 엄마 아빠 일 신경 쓰지 마." 재은은 다시 침대에 누웠다.

"정말 아빠가 먼저 이혼을 요구한 거예요? 어떻게 신경을 안 써요? 저는 기계처럼 그저 공부만 하면 되는 건가요? 감정도 없이? 엄만 화도 안나요?"

"대항하려면 힘을 키워야 해. 지금은 준비해야 할 시기야. 아빠 때문에 감정이 상하는 건 엄마로서 족해."

"저도 알아요. 엄마가 UC얼바인에서 의전원 편입하셨지만, 저 키우느라 입학 포기하신 거요. 당시 엄마가 얼마나 상실감이 컸을지 가늠이 잘 안돼요. 엄마가 그랬잖아요. 어려서부터 늘 의사가 되는 게 꿈이었다고."

"다 오래전 일이야. 이젠 기억도 잘 안 나. 엄마와 달리 넌 가능성 덩어리야. 뭐든 할 수 있어. 딱 삼 년만 참고 아빠의 도움을 받으면 의대에 수월히 합격할 수 있어. 그나마 아빠는 네겐 관대하잖아."

"차라리 그때 두 분이 갈라섰어야 했어요. 전 괜찮으니까, 이제는 엄마를 위한 선택을 하셨으면 좋겠어요. 그리고 저 의대에 가고 싶지 않아요.

혹시 그때 가서 마음이 바뀔지는 모르겠지만 지금은 아녜요. 다른 걸 하고 싶어요."

"다른 거? 다른 거 뭐?" 재은이 다시 침대에서 일어나 물었다.

이후 둘은 한참 대화를 나눴다. 대화를 마친 민영은 침대에서 일어나 제 방으로 갔다.

****** * ******

제이피파트너스앤솔루션즈 현종표 대표로부터 지수에게 연락이 왔다.

"자리가 하나 있습니다. 해외 영업 차장급 포지션으로요. 매티스가 안 세진 차장을 한번 보고 싶다고 하더군요."

"아, 감사합니다. 정말 감사합니다. 과장급 포지션은 없나요?"

"매티스실업뿐만 아니라, 다른 곳도 열심히 알아보고 있는데, 쉽지가 않네요. 한태호 과장의 경우, 영업 경력도 많지 않고, 영어 실력도 높지 않아서 크게 어필할 수 있는 부분이 안 보이네요. 그래도 계속 알아보겠습니다."

"감사합니다."

****** * ******

현철과 애린이 다시 공원에서 만났다. 애린은 출국 전 현철이 자신에게 부탁했던 것을 곱게 포장해 현철에게 건넸다.

"지금 풀어 봐도 돼요?" 현철이 물었다.
"그럼요."

검은색 펜이다. 핀은 실버 도금이 되어 있고 핀 중앙에 고급스럽고 영롱하게 빛나는 큐빅이 박혀 있다.

"막 쓸 펜이 필요했는데 너무 고급스러워서 용도를 바꿔야겠어요. 너무 비싼 거 아녜요?"
"그렇게 고급은 아녜요." 애린은 웃으며 답했다. "그거 주세요. 제가 대신 버릴게요." 애린은 현철에게서 뜯긴 포장재를 받았다. 현철은 애린의 섬세한 배려에 감사했다.

"현철 씨. 혹시 제가 드렸던 수필집 다 읽어 보셨어요?"
"아니요. 다 읽진 못하고 중간 부분까지만 읽었어요."

"수필집 마지막 부분에 제가 현철 씨에게 남긴 메모가 있어요. 다 읽지 못하셨다니, 그 부분은 못 보셨겠네요."

"아, 그랬군요. 무슨 메모가 적혀 있을지 너무 기대되는데요. 오늘 내로 다 읽어야겠네요."

애린에게서 받은 수필집을 집에 두고 나온 것이 불현듯 현철의 뇌리를 스쳤다.

애린과 헤어진 현철은 곧바로 집에 들어갔다. 집에 오니 수필집은 자신의 책상 위에 그대로 놓여 있다.

'혹시 지수가 수필집을 봤을까?'

현철은 수필집의 맨 마지막을 펼쳤다.

『제가 가장 힘들었던 순간에 가장 큰 힘이 되어 준 사람, 바로 당신이에요. 현철 씨의 얼굴을 보며 차마 말하기 어려워, 이렇게 메모로 남겨요. 제가 현철 씨를 이제는 만나면 안 될 것 같아요. 우리의 만남은 현철 씨를 믿고 의지하는 가족분들에 대한 인간적인 예의가 아니에요. 우리의 만남은 이것으로 끝내도록 해요. 빌려주신 돈은 어떻게든 꼭 갚을게요. - From AR』

쿵쾅쿵쾅 현철의 가슴이 뛰었다. 현철은 애린에게 전화를 걸었다. 애린은 현철의 전화를 받지 않았다. 현철은 다음과 같이 음성 녹음을 남겼다.

"애린 씨. 봤어요, 애린 씨가 남긴 메모. 지금 만날까요? 애린 씨에게 할 말이 있어서 그래요."

그 시각. 지수는 회사에서 수필집 뒷부분에 애린이 쓴 메모 부분이 복사된 종이를 바라보고 있었다. 현철의 녹음 내용도 실시간으로 이어폰을 통해 들려왔다.

'이별 통보인가? 아니면 밀당이 시작된 건가? 다음 회가 궁금해지는걸.'

지수는 알 수 없는 표정을 지었다. 그러다 갑자기 웃음을 터뜨렸다.

"하하하. 하하하."

지수의 갑작스러운 웃음에 주위 직원들이 모두 지수를 쳐다보았다. 지수는 손을 내저으며, "일들 하세요. 갑자기 재미난 것을 들어서 그래요." 라고 말했다.

같은 수법

애린을 만나러 가는 길, 현철이 애린에게 전화를 걸었다.

"혹시 제가 준 돈이 부담돼서 그런 건가요? 돈은 갚지 않아도 돼요. 제가 애린 씨에게 그냥 드린 돈이에요. 친구로서." 현철은 애린에게 물었다.

"돈은 어떻게든 제가 갚게 해 줘요. 제가 사모님과 따님을 직접 만난 적은 없지만, 두 사람에 대해서 생각해 봤어요. 우리가 여기서 멈추지 않으면, 어떻게 될까요? 현철 씨는 가족을 버리고 제게 오실 건가요? 현철 씨는 가족을 버릴 만큼 매정한 사람이었나요?"

애린의 질문에 현철을 아무 대답도 할 수 없었다. 애린이 계속해서 말을 이어갔다.

"저는 고아원에서 자라고 컸어요. 누가 제 가족인지도 몰라요. 지금은 찾고 싶은 생각도 없고요. 절 버린 사람은 더 이상 저의 가족은 아니니까요. 그런데 현철 씨를 알게 된 후, 현철 씨의 따뜻한 마음에, 저는 넘지 말아야 할 선에 가까이 도달했어요. 현철 씨가 계속 저의 남자로 남았으면 좋겠다는 기대감. 현철 씨 아내의 자리에 제가 있고 싶은 생각이 저를 늘 힘들게 했어요. 이대로 우리 사이가 계속된다면. 저는 절 버렸던 사람들과 같은 사람이 되는 거예요. 저는 그렇게 살고 싶진 않아요. 가정을 파괴하면서까지. 저로 인해서 현철 씨의 가족이 불행해지는 걸 원치 않아요. 제발 제 뜻대로 해 주세요."

"저는 지금껏 애린 씨에게 연인 관계를 요구한 적이 없어요. 제게 애린 씨는 서로 공감하고 대화하는 친구예요. 요즘 흔히들 말하는 '여자 사람 친구'. 애린 씨도 저를 '남자 사람 친구'쯤으로 생각하는 줄 알았어요. 너무 복잡하게 생각할 필요 없어요. 정해진 선은 지키면서, 만나는 그런 친구 사이. 그게 그렇게 어렵나요?"

"그게 제일 어려워요, 제게는."
"왜죠?"

"매일 확인받고 싶으니까요. 매일 보고 싶고. 현철 씨가 나를 사랑한다는 것, 나 외에는 다른 사람은 없다는 것. 뻔하더라도, 뭐라도 내게 계속 물어보고 제 마음은 어떤지 확인해 주는 것. 가족처럼요. 이게 그토록 제가 갈구하던 사랑의 모습인데, 현철 씨가 그걸 해 줬어요. 그것도 아주 따뜻하게. 현철 씨, 왜 저를 자꾸만 힘들게 하세요? 알잖아요, 우리 사이가 이미 친구 이상이 되어 버린 것을."
"알겠어요, 애린 씨. 속마음을 얘기해 줘서 정말 고마워요."

"이 통화가 마지막이 될 거예요. 통화를 마치고 나면 현철 씨의 전화번호를 차단할 거예요. 돈을 마련하기 전까지는요."

애린과 통화를 마친 현철은 방향을 바꿔 병원으로 향했다. 근처 공원을 서성이며, 지난 2년간 애린과 나눴던 대화들을 떠올렸다.

'애린 씨. 헤어짐이 시작된 건가? 늘 내 곁에 있을 것처럼 하다가, 이렇게 갑자기 이별을 통보하다니.'

현철이 여자에게 이별을 통보받은 것은 이번이 처음이었다. 현철이 공원에서 한참을 방황하고 있을 때 지수가 현철에게 다가왔다. 지수의 등장은 현철을 현실로 이끌었다.

"여기서 뭐 하고 있어?"
"잠깐 나왔어, 머리 좀 식히러."

"무슨 머리를 한 시간이나 식혀? 머리가 얼마나 뜨겁길래."
"언제부터 와 있었던 거야?"

"나도 머리 식히러 왔어. 당신도 볼 겸. 여기 당신의 인기 장소잖아."

지수는 현철을 이끌고 커피 트럭으로 갔다.

"당신 회사는 어쩌고? 이렇게 오랫동안 자리 비워도 돼?" 현철이 지수에게 물었다.

"나 오늘 오후 반차 냈어."

"왜? 무슨 일이 있어서?"

"무슨 일은. 당신 보고 싶어서 왔지."

"웬일이야, 갑자기. 당신답지 않게."

"나답지 않게? 도대체 나다운 게 뭔데? 왜 맨날 그 소리야? 당신은 나에 대해서 얼마나 알고 있어? 아니 나를 어떤 사람으로 이해하고 있어?"

"갑작스러워서 그래."

"무슨 양심에 가책을 심각하게 느낄 만한 행동을 했나 보지? 우리 사이에 갑작스러울 게 뭐 있다고."

"가책은 무슨. 그런 거 없어."

"난 내 곁에 늘 당신이 있다고 생각했어. 소민이도 그렇고. 그건 항상 당연한 거로 생각했는데, 그게 당연한 게 아니라는 생각이 들었거든."

"혹시. 여보. 책상 위에 놔둔 수필집 봤어? 찬식이가 나한테 준 거."

"찬식 씨가 뭐 하러 그런 멜랑콜리한 수필집을 당신에게 줘. AR라면 모를까."

"그 메모를 본 거야?"

"봤지. 참 애절하게 적혀 있더니만. 가슴이 몽글몽글해지게."

"아. 여보. 그게 말이야."

"됐어. 설명 안 해도 돼."

"혹시나 당신이 오해할까 봐 그러는데."

"그냥 AR 말대로 해. 더 나가지 말고. 그럼 없던 일로 해 줄게. 깨끗하게."

현철의 표정이 시무룩해졌다. 손에 들려진 커피를 한 모금도 마시지 못했다.

"왜 대답이 없어? 그럼 애린인지 주치의인지 찾아갈 거야?"

지수의 언성이 높아졌다.

지수의 입에서 또렷하게 나온 그 이름에 현철의 얼굴은 얼어붙었고,

손에 든 커피를 그대로 바닥에 놓치고 말았다.

"여보, 미안해. 정말 미안해. 내가 다 설명할게." 시원한 바람이 부는 가을 날씨인데도 현철의 콧잔등에 순식간에 땀이 송골송골 맺혔다.

동공이 몹시 흔들리는 현철을 보며 지수가 말했다.

"설명 안 해도 된다고 했잖아."

현철은 안절부절못하고 지수의 안색을 살폈다.

"애린이라는 여자. 그나마 정신이 똑바로 박힌 사람이네. 더 나갔으면 둘 다 끝장났어. 물론 우리도. 거기서 멈추길 다행이라고 생각해. 나 지금 열불 터지는데, 지금껏 우리가 산 세월이 아까워서 참는 거야. 알겠어?"
"어, 알겠어."

"핸드폰 이리 내." 지수의 말에 현철은 허둥지둥 자신의 휴대전화를 지수에게 건넸다. 지수는 주치의라고 저장된 번호를 삭제했다.
"당신의 숨은 여사친, 주치의 애린 씨가 이렇게 깨끗하게 삭제되었습니다."라고 지수가 말했다.

이어 지수는 "표정이 왜 그래? 내가 여사친 번호를 지워서 속상해?"라고 물었다.

"아니야, 아니야. 나도 지우려고 했어. 당연히 없애야지."

지수는 화를 가라앉히느라 한동안 숨을 골랐다. 현철은 지수의 다음 처분을 기다릴 뿐이었다. 지수는 마음의 평정을 되찾은 후, 현철을 향해 말했다.

"여보, 우리 강릉에 한 번 더 갈까? 지난번 갔던 호텔 말이야." 지수의 제안에 현철이 동의했다.

****** * ******

재은이 민재에게 연락했고, 둘은 강남 모처에서 만났다.

"어떻게. 사람을 그렇게 쉽게 정리할 수 있어? 잔인하게."

민재가 최근 해고되었다는 이야기를 듣자, 재은은 이를 안타까워했다.

"면접 보기로 한 곳은 있고?"
재은의 물음에 민재는 "아직 없어. 계약직이라면 금방 자리를 구할 거로 생각했는데, 아닌가 봐. 내가 나이가 많아서 그런가?"라고 답했다.

"나도 알아볼게."
"고마워. 말만이라도."

"혹시, 내게 이력서를 줄 수 있어? 알아보는 데 도움이 될 것 같아서."
"알았어."

민재는 그 자리에서 카톡으로 자신의 이력서를 재은에게 보냈다.

"신경 써 줘서 정말 고마워. 너한테까지 도움을 구하려고 한 건 아니었
는데. 못난 모습 보여서 미안해."
"괜찮아. 이렇게라도 너에게 도움이 될 수 있어서 난 너무 좋아. 다 잘
될 거야. 걱정하지 말고."

재은은 민재를 안심시켰다.

둘은 헤어졌다.

몇 시간 후, 민재에게 전화 한 통이 왔다. 서울 강북의 규모 있는 어느
종합병원이다.

"이력서 잘 봤습니다. 저희가 찾고자 하는 이력을 충분히 갖추고 계시네요. 최대한 빨리 면접을 보고 싶은데 혹시 내일 시간 괜찮으실지요?" 병원 이사장실에서 민재에게 물었다.

"네, 감사합니다, 감사합니다. 시간은 제가 맞추겠습니다! 면접은 오늘도 가능합니다."

"그럼 지금 뵐까요? 저희도 일정이 좀 급하긴 하거든요."

"좋습니다. 감사합니다. 바로 찾아뵙겠습니다."

면접 후 얼마 되지 않아, 민재는 전산 서버 운영 담당 정규직 차장으로 채용되었다. 계약 연봉은 그가 지금껏 받아 왔던 것의 두 배가 넘는 규모다.

합격하자마자 민재는 가장 먼저 재은에게 전화를 걸었다.

"재은아. 정말 고마워. 너한테 이런 도움을 받게 된다니…." 민재의 목소리에 눈물이 묻어났다.

"정말 다행이야, 민재야. 다 너의 능력으로 합격한 거야. 내가 한 건 아무것도 없었어."

"재은아. 오늘 저녁에 시간 돼? 내가 저녁 식사를 대접하고 싶어. 근사한 곳에서."

"좋지. 어디서 볼까? 시간 장소 네가 정해."

"알았어."

****** * ******

지수와 현철은 강릉에 도착했다. 피닉스 호텔에 가기 전, 지난번에 가지 못했던 안목해변도 걸었다.

"전어 한번 먹어 볼까? 가을 전어 굽는 냄새에는 집 나간 며느리도 돌아온다던데."라며 지수가 제안했다.

둘은 호텔에 들러 짐을 풀고, 경포대 어느 횟집에 들렀다.

"어떻게 그런 우연이 있는지. 당신 대학원 친구 아내가 내 고등학교 동창 재은이라니. 이런 걸 인연이라고 하는 거겠지?"
"나도 놀랐어. 재은 씨가 우리 집 놀러 와서. 내가 아는 당신 친구는 선희밖에 없잖아. 재은 씨랑 학교 다닐 때 친했어?"

"친하진 않았어. 재은이는 고3 때 전학 와서, 서로 알고 지낸 것도 1년이 채 안 돼. 고등학교 졸업 후엔 연락도 완전히 끊겼었고."

"그럼 재은 씨와 어떻게 연락이 닿은 거야?" 현철이 물었다.

"소민이 학원. 재은이 아들이 수학올림피아드 시험 준비 학원에 다니고 있었는데, 소민이도 그 학원 등록하면서, 학부모 상담회에서 우연히 만났어. 물론 그전에 선희 통해서, 재은이가 한국에 있다는 걸 알긴 했지만."
"그랬구나."

"여보. 그동안 우리가 대화가 별로 없었지? 함께 산 세월이 십오 년인데, 바쁘다는 핑계로 제대로 대화도 못 하고." 지수가 먼저 운을 뗐다. "오늘을 계기로 서로에게 솔직해졌으면 좋겠어."
"어떻게 알게 된 거야? 애린 씨에 대해서?" 현철이 지수에게 물었다.

"그건 이따가 천천히 말할게. 내 질문 먼저. 어떻게 알게 된 거야? 애린 씨라는 여자."
"내 눈앞에 일어난 교통사고를 목격했어. 인도 위를 걷던 한 여자가 갑자기 도로로 뛰어들었거든."

"그 여자가 애린이었어?"
"응. 119를 불러서 일단 우리 병원 응급실로 옮겼어. 다행히 왼쪽 팔에 다발 골절상 외에는 크게 다친 곳이 없었어. 애린 씨가 정신을 회복한 후에 물어봤지. 왜 그런 행동을 했냐고."

"그랬더니?"

"애인에게서 이별 통보를 받고 상심해서 그랬대. 더는 살기 싫다나."

"그렇다고 그렇게 무모한 행동을 해?"

"애린 씨는 고아원에서 자랐어. 아주 어렸을 때부터. 고아원을 나온 이후에 알게 된 남자가 있었는데, 그 남자에게서 유일한 사랑과 관심을 받았던 거지. 무슨 이유인지는 나도 잘 모르지만, 그 남자는 결혼을 앞두고 애린 씨에게 헤어지자고 말했었나 봐. 나쁜 놈이지."

"딱하네. 가족에게 버림받고, 약혼자에게 버림받고."

"사고 당시, 손부터 어깨까지 여러 부위가 골절되어서, 수술 후에도 한동안 우리 병원에 입원해 있었어. 퇴원 후에는 계속 물리치료를 받아 왔었고."

"당신은 계속 그 여자를 돌봐 온 거고."

"응."

"그런 일을 왜 내게 말하지 않았지?"

"괜한 오해를 살까 봐 그랬지."

"내가 그 정도도 이해 못 할 거로 생각했다니, 좀 서운한데."

"참. 돈을 왜 빌려준 거야? 얼마나 준 거야?" 지수가 계속 현철에게 물었다.

"천만 원. 같이 고아원에서 크고 자란 오빠가 프랑스에서 지내는데, 병원비용이 필요했대. 그 오빠라는 사람도 가족도 친척도 없는 상황이고."

"그 오빠는 어떻게 되었어?"

"죽었대, 암으로. 거기서 장례를 치렀다고 해."

"그랬구나. 참 기구하네, 애린 씨라는 사람."

지수는 한동안 질문을 하지 않았다. 이번에는 현철이 지수에게 물었다.

"어떻게 알게 된 거야? 애린이라는 이름. 수필집에는 애린이라는 이름은 없었는데."

"많이 궁금했지? 내가 어떻게 알아냈을지?"

"응. 얘기해 줘."

"다시는 그 여자 만나지 않겠다고 약속해."

"알겠어. 맹세할게. 다시는 만나지 않기로."

"좋아. 그 말 믿을게."

"혹시 당신, 애린 씨한테는 전화할 거야?"
"응."

"그러지 마. 깨끗하게 정리할 테니까."
"당신을 못 믿어서 그러는 거 아니야. 내가 애린 씨한테 전화해서, 그 돈 갚지 않아도 된다고 말하려고."

"그래. 그렇게 해. 그런데 정말 어떻게 알아낸 거야? 애린이라는 이름을?"
"민재라는 이름 기억해?"

"응. 알지. 당신이 애지중지하던 편지들을 보낸 사람. 당신 고등학교 시절 첫사랑이잖아."
"민재의 도움을 좀 받았어."

"어떻게?"
"내가 술에 몹시 취한 날, 당신이 애린 씨 전화를 받으러 집 밖을 나간 날이 있어. 기억나?"

"응."

"뭔가 이상해서, 당신 핸드폰에 앱을 심었어. 내 핸드폰에는 감청 앱이 설치되어 있고. 민재가 IT 전문가거든."

"이런. 내 허락도 없이 그렇게 도청 앱을 깔아도 되는 거야?"
"왜 안 되는데?"

지수가 현철을 향해 버럭 소리치며 물었다.

"나도 좀 묻자. 당신 민재랑 어떤 사이야? 당신에게 정말 물어보고 싶었어. 지난번 이곳에서 당신 그 사람 만났잖아. 에스턴 호텔. 그 사람이 머물렀던. 당신이 일부러 이곳으로 부른 거야?"
"내가 그날 민재 만난 건 어떻게 알았대? 당신 둔탱인 줄만 알았는데."

"당신이 내가 자는 거 보고, 새벽에 나왔잖아. 당신이 문을 열고 나가는 소리 나 다 듣고 있었어."
"우연히. 강릉에서는 정말 우연히 만났어. 사실 그전에, 더 신기하게 만났고."

"어떻게?"
"민재가 우리 회사에 전산 장애 처리 담당으로 채용되었더라고. 나도 몰랐어. 이메일 오류가 계속 나서, 장애 처리 신청을 했는데, 그것을 접수한 사람이 민재였어. 그래서 알게 된 거야. 최근에는 구조조정 때문에 해고되었지만…. 정말 안됐지."

"당신은 민재와는 아무 사이도 아닌 거지?"
"그걸 말이라고 해? 당신하고는 차원이 달라. 민재와 난 당신이 상상하는 이상한 관계 아니야. 만약 그랬으면 더 좋았겠지만! 나도 당신처럼 오랜만에 연애 감정 한번 느껴 보게!"

"연애 아니라니까."
"아니긴 멀. 다 그렇게 시작하는 거야. 꿍냥꿍냥."

"이제 그 얘기는 하지 말자. 정말 깨끗하게 지울게."
"알았어. 그 말 믿을게. 다신 그러지 마. 이번에 아주 위험했어."

"응. 맹세할게."

지수는 현철의 휴대전화를 받아 설치된 도청 앱을 삭제했다. 그리고 자신의 휴대전화에서도 관련된 앱을 지웠다. 지수가 현철을 보며 말했다.

"나 당신하고 싸우려고 여기에 오자고 한 거 아니야. 회복하고 싶어서야. 오해가 있다면 풀고, 잘못한 게 있다면 서로서로 용서하고."

지수는 계속해서 현철의 눈을 보며 말했다.

"우리 약속해. 우리 관계가 더 나아질 수 있도록 부부관계 클리닉 받는 거. 부부 사이에 어떻게 소통해야 하고 서로를 이해할 수 있을지 전문가의 도움을 받아 보자."

"그래. 당신 뜻에 따를게. 이제부터는 아무리 사소한 것이라도 당신에게 숨기지 않을게. 일하면서 느끼고 생각한 것도 퇴근 후 당신과 이야기할 거고. 아니, 일하는 동안에도 틈틈이 이야기 나누자."

"그렇게 예쁘게 말해 줘서 고마워요, 여보. 나도 이제부터는 당신에게 예쁘게 말하도록 노력할게요. 이렇게 존댓말 쓰면서. 회사에서는 존댓말 쓰는 게 생활화되어 있는데 당신에게는 늘 반말을 했던 것 같아요. 편해서 그랬나 봐요."

현철은 갑자기 달라진 지수의 말투에 사뭇 놀랐다.

"음음. 이제 저도 같은 모드로 말할게요."

현철의 존댓말에 지수가 환하게 웃었다.

"여보, 우리 가족사진부터 찍으러 가요. 어느 사진관이 트렌디한지 제가 알아볼게요."

아직은 어색한 존댓말에 둘은 좀 오글거리긴 했지만, 서로서로 처음 대면했을 때의 조심스러움을 다시 한번 느끼며, 다시 연애하는 기분을 만끽했다.

****** * ******

저녁 식사를 위해, 민재와 재은이 한식당에서 만났다.

"덕분에 면접부터 합격까지 일사천리로 끝냈어. 정말 고마워, 재은아."
"고맙긴. 네가 경력 관리를 잘해서 그런 거지. 아무리 인맥을 동원한다고 해도, 당사자가 준비되어 있지 않으면 안 되잖아."

"암튼 고마워."

둘은 식사를 하며 이런저런 사는 이야기를 했다.

"최근에 지수네 집에 놀러 갔었어." 재은이 민재에게 말했다.
"꽤 잘 살더라. 근데 그게 부러운 건 아니고."

"그럼?"

"집에 가족사진이 걸려 있는데, 모두 웃고 있어. 그게 참 부럽더라."

"그랬구나. 겉으로 보이는 게 다가 아닐 수 있어. 속은 썩어 있는지도."

"그게 무슨 말인데?" 재은의 물음에, 민재는 자신이 지수에게 남편의 통화내용을 감시할 수 있는 도청 앱을 깔았다는 것을 말하고 싶었지만 그러진 않았다.

갑자기 재은이 눈물을 흘렸다. 재은의 눈물에 민재가 당황했다.

"왜? 갑자기."

"방금 네가 한 말."

"내가 무슨 말을 했지?"

"겉으로 보이는 게 다가 아니라는 그 말. 딱 내 상황이 그렇거든."

민재는 수저를 내려놓고 재은이 다시 말할 때까지 잠자코 기다렸다. 재은이 다시 말을 이어갔다.

"난 삼 년 뒤에 버림받을 거야."

"버림받다니? 누구로부터?"

"삼 년 후에 남편과 이혼할 것 같아." 재은이 담담하게 말했다.

"왜? 삼 년 후에? 무슨 일 때문에 그래? 남편은 너를 몹시 아끼는 사람인 줄로 알았는데. 너한테 신장까지 준 사람이잖아."

"그거 다 거짓말이야. 행복하게 사는 모습 보이려고 꾸며 낸. 남편이 왜 그렇게 날 미워하는지 나도 잘 몰라. 내가 그냥 싫은가 봐. 삼 년 동안 내가 노력하면 남편이 마음을 돌이킬까, 아니면 삼 년 후에 이혼하는 게 좋을까."

"근데 말이야. 왜 하필 삼 년 후인데?"

"남편은 당장 이혼하고 싶어 하는데, 내가 매달렸어. 아들이 대학 입학하기 전까지라도 이혼을 미루자고. 다짜고짜 나한테 합의이혼 신청서를 들고 오는데 정신이 혼미해지더라고."

"너의 남편 참 매정한 사람이네. 네 생각은 어떤데. 그 사람하고 결혼 생활을 계속 유지할 마음이 있어?"

"나 혼자 원한다고 되는 게 아니니까, 결국 이혼을 하게 되겠지."

"재은아. 남편이 왜 그토록 이혼을 요구하는지 알아보는 게 필요할 것 같은데. 보통 남자들이 일방적으로 이혼을 요구하는 데에는 이유가 있거든."

"어떻게?"

"남편 핸드폰에 앱 하나만 설치해도, 남편이 누구와 통화하는지, 통화 내용이 뭔지 훤히 알 수 있어. 물론 절대 들키지 않지. 분명히 뭐가 나올 거야."

"그런 게 있다는 걸 듣긴 했는데, 그걸 내가 사용할 수 있다는 건 생각도 못 했어. 어떻게 하면 돼?"

"남편 핸드폰으로 내가 스미싱 문자를 보내고, 네 남편이 그걸 클릭만 하면 돼. 물론 네 핸드폰에도 감청 앱을 설치해야 하고."

"남편의 휴대폰은 항상 락이 걸려 있고, 남편 몰래 휴대폰에 앱을 설치하는 건 쉽지 않을 것 같아. 좋은 방법 없을까, 민재야?"

"사실 그게 제일 어려운 부분이야. 혹시라도 설치 가능한 상태가 되면, 내게 얘기해 줘."

둘은 식사를 마쳤다.

민재는 계산대 앞에서 카드를 내밀었다. 그러나 좀처럼 승인처리가 되지 않았다.

"이게 왜 안 되지."

"다른 카드는 없으세요?" 직원의 물음에, 민재는 난처한 표정을 지으며 머뭇거렸다.

재은이 다가왔다.

"이걸로 결제해 주세요."

재은은 지갑을 꺼내 검은색 카드를 내밀었다.

"미안해, 재은아. 다음에 꼭 갚을게."
"괜찮아."

재은이 밝게 웃으며 카드를 챙겼다.

"첫 월급 나오면 꼭 살게. 더 근사한 데로 가자."
"그래."

마지막 회

"똑똑"

"아빠, 저예요." 민영의 목소리에 찬식은 방문을 열었다.

"왜, 무슨 일이야?"

"학원비 좀 내주세요. 지금 결제를 해야 해요."

"엄마가 안 해 줬어? 네 엄마는 집에서 뭘 하면서 아들 학원비도 결제를 않니?"

"엄마가 돈이 없대요. 아빠가 생활비를 적게 줘서요."

찬식은 자신이 재은에게서 신용카드까지 빼앗은 것이 생각났다.

"생활비 준비가 언젠데. 그걸 벌써 다 써. 학원비가 얼마야?"

"백만 원요."

"결제는 어떻게 해야 하는데?"

"학원에서 보낸 문자를 클릭하고, 안내대로 송금을 하면 돼요."

찬식이 휴대전화를 열어보니, 웹 발신된 "학원비 고지서"라는 제목의 문자 하나가 보였다. 링크된 URL을 클릭한 후, 민영이 설명해 준 "절차" 대로 송금을 진행했다.

"간단하군."
"고마워요, 아빠."

"KMO 시험은 잘 봤니?" 핸드폰을 건네받은 찬식이 민영에게 물었다.
"입상했어요."

"잘했다. 색깔은 뭔데?"
"노란색요. 엄마가 얘기 안 하시던가요?"

"했던 거 같기도 하네. 암튼 잘했어. 너한테 들어가는 학원비가 하나도 안 아깝다. 넌 제값하고 있어."
"아빠. 여쭤볼 게 있어요."

"말해."
"아빠도 알고 있었잖아요. 엄마가 의사가 되고 싶었던 거. 그때 엄마는 의전원에도 합격했지만, 저를 키워야 해서 입학을 포기했어요. 왜 아빠는 엄마의 꿈을 돕지 않았나요? 방법을 찾으면 없진 않았을 것 같은데요."

"네가 태어나지 않았다면 엄마도 정상적으로 학업을 마치고 의사가 되었겠지. 하지만 아빠는 밤낮없이 병원에서 일하는 상황이었고. 그럼 어떻게? 뭐가 합리적일까? 전문의가 된 아빠가 일을 쉬는 것? 아니면, 학업을 시작조차 하지 않은 엄마가 육아를 전담하는 것?"
"엄마도 이루고 싶은 꿈이 있었다고요. 아실지 모르겠지만요."

"그게 왜 중요하니? 엄마는 집에서 편안하게 아빠가 벌어 오는 돈을 쓰기만 했는데. 엄마처럼 편안한 삶을 살아온 사람이 몇이나 될까. 꿈? 그거 다 배부른 소리야."
"아빠 혹시 에이에스피디(ASPD)에 대해서 아세요? 그건가요?"

"뭐? 지금 무슨 소리 하는 거니?"

민영은 찬식의 휴대전화에서 설치 완료 메시지가 뜨는 것을 확인했다.

"아네요. 신경 쓰지 마세요. 그럼 전 이만 나가 볼게요."

민영은 재은에게 가서 미션이 성공했음을 알렸다. 찬식의 핸드폰에 백

도어(backdoor)가 설치되었다. 재은은 자신의 핸드폰에서 감청 앱을 활성화했다. 민재가 재은에 설치한 감청 앱에는, 찬식의 음성통화는 물론 문자전송, 이메일, 저장된 번호, 위치추적, 생체인증 데이터까지 확인할 수 있는 최신 해킹기술이 적용되었다. 이는 재은을 위해 민재의 '특별한' 선물이었다.

* * * * * * * * * * * * *

"부장님. 지난번에 제안하셨던 기획안 초안입니다. 구조조정이 모두 끝나긴 했지만, 기획안을 사장하기엔 좀 아깝다는 생각이 들었습니다."
"그 계획은 우리가 홀드하기로 했던 거 아니었어요?"

그동안 이명섭 과장은, 지수가 회사의 인원 감축 계획에 대항하기 위해 제안했던 기획안을 혼자서 만들고 있었다.

지수는 기획안을 잠시 훑어보았다. 분량이 상당했다.

"고생 많았어요. 팀원이 줄어서 루틴 업무만 하는 것도 벅찼을 텐데. 이걸 어떻게 혼자서 다 썼어요? 제가 꼼꼼히 읽고 코멘트 드릴게요." 지수가 이 과장을 향해 말했다.

지수는 회의실에 혼자 들어가 이 과장이 작성한 기획안을 자세히 읽었다.

한 시간 후, 지수는 이 과장을 회의실로 불렀다.

"이걸 혼자 했나요?"
"네. 팀에서 두 명이 회사를 나갔잖아요. 두 사람이 하던 일을 남은 직원들이 하게 되면서 업무 부담이 늘어서, 기획안 작성을 함께할 직원이 없었어요."

"단지 그 이유뿐이에요?"
"구조조정 문제로, 팀장님께서 늦은 밤에 회의 주재하시면서 제가 팀장님께 본의 아니게 좀 대들었잖아요. 회사의 방침을 따르시라고 하면서…. 팀장님께 좀 무례했었죠."

"이 과장. 전 그렇게 생각 안 했어요. 그걸로 마음에 담아 두진 않았거든요."
"그 이후에 저도 생각을 많이 했어요. 정말로 회사를 살리는 게 뭘까. 팀장님께서 제안하셨던 그 내용, 평상시에 저도 생각하고 있던 아이템이었어요. 그대로 묻히기에는 너무 아쉽다는 생각도 들었고, 팀장님과 그 내용을 계속 빌드업하면 회사에 정말 도움이 될 것이라고 생각했습니다."

"그 기획안대로 하려면, 오히려 사람이 더 필요한 건 알고 있겠죠? 현재 인원으로 평상업무는 평상업무대로 하고, 개선과제를 병행하는 게 얼마나 어려워질지도 생각해 봐야죠."

"알고 있습니다. 그래서 더욱 합심해서 성과를 보여야죠. 눈에 보이는 결과치가 있어야만 쫓겨난 팀원들을 다시 데려올 수 있지 않겠어요?"

"다시… 데려온다? 퇴사 인원들 모두 다른 회사에 채용된 거 아니었어요?" 지수가 놀란 표정으로 이 과장에게 물었다.

"요즘 쉽지 않아요. 특히 경력 시장은. 얘기 들었습니다. 팀장님께서 안 차장과 한 과장 자리 알아보신다는 거. 그것도 우리 회사 경쟁사 매티스로."

이 과장 입에서 '매티스'가 언급되자, 지수는 자신의 은밀한 죄를 들킨 것 마냥 무의식적으로 움츠렸다.

"그거 아세요? 안 차장, 매티스에 입사 제안받은 거요. 그런데 거절했어요. 최 팀장님을 경쟁사로 두고 척지면서까지 매티스에서 일하고 싶지 않다면서요. 그건 은혜를 원수로 갚는 것이나 마찬가지라면서."

'갈 수 있을 때 얼른 갈 것이지, 내가 뭐라고.'

지수는 안 차장의 행동에 놀랐다. 이 과장이 계속해서 말했다.

"안 차장이나, 한 과장 모두 팀장님께서 아이디어 내신 이번 개선안에 사활을 걸 거예요. 알고 계시죠? 우리 모두 팀장님 편이라는 거."

지수는 이 과장의 말에 큰 용기를 얻었다. 사무실로 돌아가 기획안을 다듬기 시작했다. 온 힘을 기울여. 이후 지수는 당당한 걸음으로 사장실에 갔다. 그전에 박상준 전무실은 들르지 않았다.

* * * * * * * * * * * * *

"민재야. 남편 음성 통화내용이 죄다 영어 대화야."
"너도 미국에서 한동안 살았잖아."

"영어를 안 쓴 지 오래돼서 이제는 거의 안 들리네. 그래도, 간혹 들리는 단어들이 있어."
"그게 뭔데?"

"하니, 달링."
"네 남편이 만나는 여성이 외국인이야?"

"그런 거 같아. 혹시 발신자 이름이나 위치추적 가능하니? 어느 나라인지 확인하고 싶어."

"알았어. 바로 알려 줄게."

오래지 않아, 민재에게서 연락이 왔다.

"이름은 제니퍼 레이우드, 이름만 보면 미국인 같아. 뭐 짚이는 거 없어?"

"레이우드…. 레이우드…. 어디서 많이 들어 본 이름인데."

"발신 위치는 놀랍게도 한국이야. 삼성동 르네상스 호텔."

"정말? 고마워."

재은은 찬식의 서재에 들어가 단서가 될 만한 것들을 찾아보았다.

찬식이 주로 보는 전공 서적의 저자가 "마이클 레이우드"라는 것을 어렵지 않게 발견했다.

'마이클 레이우드라. 제니퍼 레이우드와 관련이 있을까?'

재은은 바로 현철에게 전화를 걸었다.

"재은 씨, 안녕하세요." 현철이 바로 전화를 받았다.

"잘 지내시죠? 물어보고 싶은 게 있어서요. 많이 바쁘실 텐데, 짧게 여쭤볼게요."

"괜찮아요. 지금 저 시간 많아요. 편히 말씀하세요."

"혹시 마이클 레이우드를 아세요?"

"마이클 레이우드 박사님요? 당연히 알지요. UC얼바인 대학의 교수님이에요. 찬식이 박사과정 지도 교수님이기도 했고요."

"그렇군요. 그 교수님 따님도 아세요?"

"당연히 알죠. 유학 시절에 찬식과 교수님 집에 자주 놀러 가기도 했거든요. 따님도 UC얼바인 병원에서 일하기도 하고요. 그건 왜요?"

"따님 이름이 제니퍼 맞나요?"

"…"

현철은 재은의 입에서 '제니퍼'라는 단어를 듣자 선뜻 대답하지 못했다.

"맞나요, 제니퍼? 사실대로 말씀해 주세요. 맞죠?"

"네, 맞아요. 제니퍼."

"저희 남편하고 어떤 사이예요? 서로 친한가요? 사적으로요."
"죄송해요. 거기까지는 잘 모르겠습니다."

"솔직하게 말씀해 주세요. 한 가정의 중대사가 걸린 일이에요."
"찬식에게 직접 물어보시면 안 될까요? 제가 말하긴 좀 그래서요."

"제가 남편한테 물어볼 수 없다는 거 현철 씨가 더 잘 아는 거 아니에요?"
"알겠어요. 전화로는 말씀드리기 좀 그렇고. 제가 댁에 가서 설명해 드
려도 될까요? 제가 직접 드릴 것도 있고. 매그니스로."

"고마워요, 현철 씨. 오시는 대로 전화 주세요. 기다릴게요."

전화를 마친 현철은 곧바로 청담동 매그니스로 갔다.

둘은 단지 내 카페에서 만났다.

현철은 전에 재은이 부탁했던 약통부터 내밀며 말했다.

"지난번에 부탁하셨던 거."
"고마워요. 그 부탁 잊지 않으셔서. 우선 남편 얘기부터 해 주세요. 제
남편과 제니퍼, 무슨 사이예요?"

"먼저 사과부터 할게요. 정말 미안해요. 찬식 얘기를 재은 씨께 하지 못해서. 찬식이 UC얼바인 대학교수로 채용될 거예요. 레이우드 교수님 딸 제니퍼와는 찬식이 전문의 따면서부터 미국에서 살림을 차렸다고 들었어요. 저도 안 지 얼마 안 돼요. 우리 병원에 마취과 자리에 비게 되어, 그 자리에 찬식을 영입하려고 했었는데, 자기는 갈 곳이 있다면서 거절했었거든요."

재은이 정색을 하며 말했다.

"그렇게 중요한 사실을 왜 이제야 말씀하세요? 남편과 끝까지 비밀로 하려고 하셨던 거예요? 제가 현철 씨 집에 놀러 갔을 때 왜 말 안 하셨어요. 절 바보로 만드신 거예요?"

흥분한 재은이 현철을 몰아붙였다. 제 분을 못 이긴 재은은 손에 쥔 약통을 바닥으로 강하게 던졌다. 약통 뚜껑이 열리며 흰색 약이 와르르 퍼졌다.

"정말 미안해요."
"제니퍼라는 그 여자. 지금 한국에 있다고요. 지수도 알아요? 우리 남편이 딴 살림 차린 거요!"

"아니요. 지수에게는 얘기 안 했어요."
"알겠어요."

재은은 자리를 박차고 카페를 나왔다. 현철은 바닥에 흩어진 약들을 모두 치웠다.

****** * ******

지수는 최태욱 사장에게 개선 기획안을 자세히 보고했다.

"훌륭한 기획안이네. 실행계획도 아주 구체적이고. 국내 사업뿐만 아니라, 미국 사업에 대한 개선 전략도 포함되어 있고. 그런데 말이야. 해외 사업은 최 부장 소관이 아니잖아. 업무 범위를 넘는 거 아니야? 이 기획안 박 전무에게도 보고한 거 맞지?"
"박 전무에게는 아직 보고하지 않았습니다."

"왜?"
"최근에 시행한 구조조정 취지와 안 맞는 부분이 있어서, 박 전무에게는 보고하기가 좀 껄끄러웠습니다."

"그럴 것도 같군. 내용을 보니."

사실 구조조정 기획안은 박상준 전무 머릿속에서 나왔다. 단기간 성과를 낼 방안이지만, 장기적으로는 회사에 이로울 리 없다.

"개선 계획대로 추진해서 성과가 나오면, 퇴사했던 팀 내 직원들을 모두 재취업시킨다⋯. 그 사람들은 이미 희망퇴직 조건으로 일 년 치 위로금을 모두 받았잖아. 그건 어떻게 할 건데?"

"기획안에도 적었습니다만, 모두 반납하는 조건입니다. 저희 팀에서 나간 인원이 모두 두 명인데, 그 인원들 아직 다른 회사로 이직을 하지 않았습니다. 위로금 반납에 대해서는 해당 인원들의 동의서도 받아 두었습니다."

사장은 결재란의 서명을 앞두고 한참을 망설이다 지수에 말했다.

"이건 실험적으로 할 수 있는 게 아니야. 한 번 방향을 정하면, TFT 구성해서 비용을 투입해야 해. 내가 최 부장을 믿고 갈 수 있겠어? 최 부장의 기획안을 실행하려면 국내 영업뿐만 아니라, 해외 영업도 흔들어야 해. 최 부장은 내게 어떤 확실한 믿음을 줄 건데?"

"그동안 제가 보였던 실적으로는 부족한 것입니까?"

"알지, 최 부장 일 잘하는 거. 내가 왜 모르겠어."

"직(職)을 걸겠습니다. 성과가 나오지 않으면 책임지고 제가 회사를 나가겠습니다. 그 기획안 서명하시기 전에, 방금 제가 드린 말도 적어 주십시오."

지수의 단호함에 최 사장은 결재란에 서명했다. 그 자리에서 박 전무를 호출했다.

박상준 전무는 사장실에 와 있는 지수를 보더니, 인상을 찌푸렸다.

사장은 박 전무에게 조금 전 서명한 개선 기획안을 건넸다.

"읽어 봐. 박 전무가 도와줄 수 있는 건 최대한 도와주고."
박 전무는 기획안을 몇 페이지 넘기더니 "예, 알겠습니다."라고 답했다.

＊＊＊＊＊＊ ＊ ＊＊＊＊＊＊

재은은 민재의 도움으로 제니퍼가 머무는 호텔 방 번호까지 확인했다.

"재은아. 오늘 밤 네 남편이 르네상스 호텔에 갈 것 같아. 제니퍼 만나러. 확실한 증거를 잡을 수 있는 절호의 기회인 것 같아. 나 어떻게든 널돕고 싶어. 네가 직접 호텔에 가는 건 좀 그럴 것 같고, 내가 가서 현장을확인해도 될까? 사진 많이 찍어 둘게."

"그래 줄래?" 재은은 민재의 제안을 마다할 이유가 없었다.

밤 열한 시. 예정대로 찬식은 르네상스 호텔에 갔다.

앞서 호텔 로비에서 기다리고 있던 민재는 제니퍼가 호텔 로비에서 찬식을 맞이하는 장면을 목격했다. 둘은 만나자마자 포옹과 키스를 나눴다. 그 장면을 놓치지 않고 사진을 찍어 곧바로 재은에게 보냈다.

민재는 찬식이 제니퍼의 호텔 방으로 들어가는 장면도 카메라에 담았다.

얼마 되지 않아, 제니퍼의 방으로 컨시어지 서비스(concierge service)가 들어갔다. 와인 세트였다. 민재는 이 장면도 놓치지 않았다.

한 시간 정도 후, 민재는 객실 벨을 눌렀다.

"Hello?" 제니퍼의 목소리가 들려왔다.
"Excuse me. Late but special service, madam." 민재가 임기응변으로 유창하게 둘러댔다.

"Wait a second."

잠시 후, 제니퍼는 의심 없이 문을 열었다.

민재는 급습해 모든 것을 사진으로 담았다. 잠옷을 입고 있는 제니퍼. 침대에서 나체 상태로 엎어져 술 취해 누워 있는 찬식. 테이블 위에 찢긴 콘돔 포장지, 아직 물기가 홍건한 화장실 바닥, 화장실 휴지통에 버려진 정액이 가득한 콘돔까지. 민재는 미리 준비해 간 장갑을 끼고, 그 특별한 콘돔을 수거해 비닐백에 넣었다.

모든 일은 채 삼 분도 걸리지 않고 끝났다.

찬식이 황당해하며, 벗은 몸으로 민재를 쫓아 나갔다. 찬식은 자신의 알몸이 그대로 호텔 복도 CCTV에 찍히는지도 인지하지 못했다.

"다 끝났어. 이 새끼야. 벌레만도 못한 놈."

민재는 붉게 달아오른 찬식의 얼굴에 주먹을 날렸다. 찬식은 그대로 바닥으로 고꾸라졌다. 제니퍼가 찬식을 일으켜 세우고는 다시 호텔 방으로 들어갔다.

민재는 곧바로 엘리베이터를 타고 내려가 호텔 로비에서 기다리고 있던 재은에게 비닐백을 건네며 말했다.

"이번 무단 침입으로 문제가 되더라도, 내가 다 떠안을게. 보내지 않은 사진들이 더 있는데, 바로 전송할게."

재은은 이튿날 변호사를 선임해 찬식에 이혼 소송을 했다. 찬식은 재산 분할은 물론 막대한 위자료를 재은에게 지급할 수밖에 없었다. 그뿐만 아니라, 찬식은 민영이 모든 학업을 마칠 때까지의 교육비도 부담해야 했다.

* * * * * * * * * * * * *

지수는 회사의 전폭적인 지원 아래 계획했던 개선 전략을 모두 실행에 옮겼다.

그 결과는 지수와 명섭이 예상했던 대로다.

영업 이익률을 크게 높였을 뿐만 아니라, 회사의 현금 흐름도 빠르게 안정세를 되찾았다. 안정적인 사업 구조 덕분에, 회사에 대한 투자 문의가 빗발처, 이듬해 지수의 회사는 코스피에 상장되었다. 희망퇴직했었던 두 명의 마케팅지원팀 인원들은 아무런 문제 없이 회사로 복귀했다.

지수는 공로를 인정받아, 여성 최초 임원으로 승진했고, 박 전무가 맡아왔던 영업 총괄 자리를 꿰찼다. 박 전무는 지수에 밀려 자문역으로 내려와야만 했다.

한편, 찬식은 이식 수술 집도 중 의료사고를 일으켜 동시에 두 명의 생명을 앗아가는 대형 사고를 쳤다. 의료 소송으로 인해 병원에서 퇴출당한 것은 물론, 의사 면허도 임시 정지 처분에 놓이게 되었다. 찬식은 캘리포니아로 돌아갈 수도 없었다. 매력이 될 만한 조건을 상실한 찬식은 제니퍼에게도 버림받았기 때문이다. 찬식은 재은을 찾아가 자신의 재기의 기반이 되어 달라고 애원했으나, 재은은 단호히 거절했다.

재은은 이혼 후, 현철이 소개해 준 정신의학 전문의의 도움을 받아 항우울 치료를 받았다. 재은은 또한 민재가 일하는 병원에서 간호 일을 다시 시작했다. 아픈 사람들을 돌보는 가운데, 그리고 민재와의 만남을 이어가며 이혼의 아픔도 서서히 사라졌다. 우울 증세도, 불면증도 완전히 사라졌다. 학부모들 사이에서 민영을 앞세우는 허세도 하지 않았다.

3년 후 겨울.

"고마워요, 엄마. 절 이해해 줘서."

민영은 서울대 의예과에 진학할 수 있는 점수가 충분했지만, 자연과학부에 원서를 냈다. 물리학과 수학을 깊이 공부하고 싶었기 때문이다. 소민도 서울대에 합격했다. 의예과 수석으로. 재은은 민영과 같은 대학교에 나란히 합격한 소민과 그 가족을 축하하기 위해 지수네 가족을 매그니스로 초대했다.

"소민아, 의대 합격 진심으로 축하해." 재은은 소민에게 합격 선물을 건넸다.
선물을 건네는 재은 옆에는 한 남성이 있었다. 강민재였다.

"두 사람 참 보기 좋아요. 언제라고 하셨죠? 결혼이?" 현철이 민재에게 물었다.
"다음 달요. 병원에 찾아뵙고 청첩장 드리겠습니다."

"저희는 나가서 저녁 먹을게요. 수험표만 들고 가면 반값 할인해 주는 근사한 곳을 찾았거든요. 네 분이 오랜만에 즐거운 시간 되세요!" 소민이 민영의 손을 잡아 이끌며 나갔다.
"너네 또 부산 가는 건 아니지?" 재은이 눈을 크게 뜨며 민영을 바라보며 말했다.

"가도 되지 뭐, 이미 한 번 갔다 온 사인데, 안 그래?" 현철의 짓궂은 농담에 모두 크게 웃었다.

"다녀와. 어디든. 민영이라면 안심이야." 지수가 민영과 재은을 번갈아 보며 말했다.

소민과 민영을 보낸 후, 넷은 테라스로 가서 즐겁게 바비큐를 먹었다.

"파티엔 와인이 빠질 수 없지." 재은은 샤또 마고를 민재에게 건넸다. 민재가 능숙한 손놀림으로 와인을 각자의 글라스에 담았다.
"음…. 언제 마셔도 좋아, 이 향은."

에필로그

저자가 생각하는 가장 순수했던 시절, 고등학교 학창 시절에 이루지 못한 사랑의 아픔을 간직한 세 명의 인물들이, 23년이 지난 중년의 나이가 되어 다시 만나면서 서로가 처한 어려운 현실을 알게 됩니다.

고등학교 시절 첫사랑의 기억을 잊지 못하고, 결혼도 하지 못한 인물이 있고, 가정을 이루고 살아가지만 바쁜 일상으로 인해 배우자와의 관계가 서먹해진 인물도 있습니다. 타인이 보기에 부러워할 모든 조건을 갖췄지만, 가정 내 남모를 비참함을 간직한 인물도 있습니다.

저자는 순수한 마음을 오래도록 간직한 인물에게 사랑의 결실을, 오해로 비롯되어 서먹해진 부부에게는 신뢰의 회복을, 그리고 결혼 생활이 파탄에 이르게 된 인물에게는 완전한 치유를 선물하고 싶었습니다.

한편, 지수는 위기 상황 속에서 자신이 직접 뽑은 팀원들을 끝까지 지키기 위해 최선을 다했고, 결국 뜻한 바를 이룹니다. 중요한 부분은, 그 과정에서 자신의 "직"을 과감하게 거는 결단을 보인다는 것입니다. 저자

는 타인을 위해 자신의 가장 소중한 것을 내놓는 것으로 직장인이 보여
줄 수 있는 최상위 희생정신을 묘사하고 싶었습니다.

첫사랑, 가정, 신뢰 그리고 내 주변 사람들. 인생에서 이 모두를 지킬 수
있다면, 얼마나 행복한 삶을 살 수 있을까요. 소설로써나마 그려 봅니다.

턴 Turn

ⓒ 긴곱슬머리, 2024

초판 1쇄 발행 2024년 4월 28일

지은이   긴곱슬머리
펴낸이   이기봉
편집   좋은땅 편집팀
펴낸곳   도서출판 좋은땅
주소   서울특별시 마포구 양화로12길 26 지월드빌딩 (서교동 395-7)
전화   02)374-8616~7
팩스   02)374-8614
이메일   gworldbook@naver.com
홈페이지   www.g-world.co.kr

ISBN   979-11-388-3054-6 (03810)